메타버스
장르문학상 수상작품집

메타버스 장르문학상 수상작품집 ❷

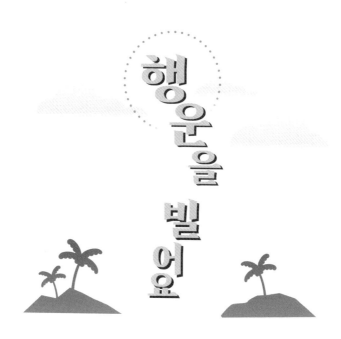

행운을 빌어요

고즈넉
이엔티

메타버스 장르문학상 수상작품집 2
행운을 빌어요

1쇄 발행 2022년 5월 9일

지은이 이준형, 이찬영, 최난영, 홍선주
펴낸이 배선아
편 집 박미애, 유민우, 정수정
디자인 엄인경
펴낸곳 (주)고즈넉이엔티

출판등록 2017년 3월 13일 제2021-000008호
주소 서울특별시 중구 청계천로 40, 1203호
대표전화 02-6269-8166 **팩스** 02-6166-9199
이메일 gozknockent@gozknock.com
홈페이지 www.gozknock.com
블로그 blog.naver.com/gozknock
페이스북 www.facebook.com/gozknock
인스타그램 www.instagram.com/gozknock

차 례

메타버스
장르문학상
수상작품집

행운을 빌어요 · 최난영

심사평

현실의 결핍을 채워주던 메타버스 세계의 배신

작가의 말

결핍을 마주한 당신에게 보내는 초대장

최난영

대학과 대학원에서 문예창작학을 전공했다. 단편소설 「울어요, 제발」로 제
2회 김승옥문학상 신인우수상을, 「쿠오바디스」로 제6회 교보문고 스토리공
모전에서 단편부문 우수상을 수상했다. 「쿠오바디스」는 부산국제영화제 북
투필름에 선정되기도 했다. 산문집 『블라 블라 블라』가 있다.

기내는 만석이었다. '라오디케아'까지 가는 비행기 요금이 적지 않은 금액임에도 그랬다. 내게는 엄두도 낼 수 없는 비용이었다. 형으로부터 받는 생활비를 한 푼도 쓰지 않고 몇 달을 모은다면 가능할 것이다. 이들은 거기 대체 무엇이 존재하기에 떠나려는 것일까. 라오디케아행 티켓은 선물함에서 발견했다. 기억이 잘 나진 않지만 (chaos)가 오래전에 보내놓은 것이었다.

나는 진짜 비행기를 타본 적이 없었다. 탑승 수속을 하는 내내 번거롭고 복잡한 시스템에 머리가 지끈거렸고, 공항 종사자 몇몇은 내게 짜증을 내기도 했다. 그때마다 라오디케아에 가는 일을 포기할까 망설였다. 허나 대출을 받기 위해서는 별다른 방도가 없었다.

승객들은 청색 가죽 시트에 가지런히 앉아 있었다. 나는 그 가죽의 재질을 살펴보다 곧 '포로수스'라는 것을 알게 됐다. 정보를 검색해보니 악어가죽의 꽃으로 불리며 그 명성만큼이나 고가였다. 비행기 좌석으로 쓰이기에는 과하다 싶은 소재였다.

수백 명의 승객은 너나 할 것 없이 좌석의 재질만큼이나 반들거렸다. 나는 그들의 피부색, 옷차림, 장신구 등을 찬찬히 훑어봤다. 이 안에서는 편의를 위해 음성이 아닌 문자로 의사소통을 했다. 그들의 차림새는 사라진 목소리를 대신해 무언가 말하는 듯했다. 라오디케아행 비행기에 탑승한, 그러니까 생김새만큼이나 제각각 다른 그 이유와 목적을.

우리는 사라졌으나 결국 다시 존재하게 된, 그곳으로 가고 있었다.

'본 샹스(Bonne chance)' 내에서는 수요가 있으면 곧바로 공급이 뒤따랐고 실재가 됐다. 그것은 이익을 창출했다. 고스란히 핀즈(PINZ)가 되어 지갑에 쌓였다. 세상에 모습을 드러낸 지 십 년이 채 되지 않았지만 본 샹스는 급속도로 성장을 거듭했다. 메타버스 생태계에 큰 변화를 불러일으키기 충분했다. 전 세계의 크고 작은 플랫폼을 하나씩 집어삼켰고 단일화된 하나의 메타버스 공간을 만들어내기에 이르렀다. 그에 발맞춰 실제 세상도 그 안으로 쉬이 흡수됐다.

본 샹스는 지구 전체를 복사라도 하듯 모든 것을 그대로 옮겨갔다. 지형의 높낮이를 완벽하게 재현한 6,352킬로미터의 만리장성, 파리 클리쉬 거리의 빨간 풍차. 맨해튼 센트럴파크 내 호수의 윤슬, 갠지스 강변 버닝가트의 장작 하나까지도 섬세하게 만들어냈다. 가상의 세계라고는 믿을 수 없을 만큼 제대로 오려다 붙인 그 기술력 때문에 누구든 어색하지 않게 본 샹스에 발을 들였고 적응했다.

사람들은 본 샹스 안에서 아바타를 앞세워 자신의 재능을 살리고 직업을 구했다. 그렇게 핀즈를 벌어들였다. 옷을 디자인하거나 거리에서 버스킹을 열기도 했다. 누군가는 자신의 실제 가게를 정리하고 본 샹스 안에 고급 레스토랑을 개업하기도 했다.

가수 EX는 어떠한가. 그들의 아바타는 본 샹스 내에서 몇 곡의 음원을 발매했고 명성을 얻었다. 곧 대중들은 그들의 실체를 원했다. 얼마 지나지 않아 EX는 막대한 부를 축적하는 데 성공했다.

핀즈는 본 샹스 내에서 통용될 뿐만 아니라 세계 각국의 화폐로도 환전이 가능했다. 그렇게 본 샹스는 사람들의 삶 속에 깊숙이 파고들었고, 기회의 또 다른 이름으로 자리매김했다.

그에 반해 양립하는 세상 속 그 어디에서도 기회를 잡지 못한 이들은 여전히 빈곤에 허덕였다. 본 샹스 안에서도 농장에 취업해 토마토를 따거나 축사에서 소똥을 치우는 아르바이트를 전전했다. 거리에서 구걸하는 이들도 적지 않았다. 나도 형이 매달 일정 금액의 핀즈를 보내주지 않았다면 그와 비슷했을 것이다.

본 샹스 안에서 현실 이상의 것을 누리고 싶어 하는 사람들이 점차 늘어났다. 불가능한 것을 보고 싶어 했으며 소유하려 들었다. 그 수요에 맞춰 공급을 뒷받침하는 일이 형의 직업이었다.

형은 사라진 미술품을 다시 그려 본 샹스 내 MoMA나 에르미타주 미술관 등에 전시했다. 각종 자연재해나 내전과 같은 피치 못할 이유로 폐허가 된 공간에 숨을 불어넣는 일도 했다. 형은 본 샹스 내 유명한 복원 전문 디자인 회사에서 수년째 근무 중이었다. 부서진 조각을 주워 진짜보다 더 진짜처럼 보이게 퍼즐을 완성했다. 수입이 꽤 괜찮다는 것, 그것은 형이 이 직업을 선택한 유일한 이유이기도 했다.

일 년 전, 형이 터키 데니즐리주 어디쯤이라는 데서 찍은 사진 몇 장을 내게 전송했다. 사진 속에는 광활한 폐허가 펼쳐져 있었다. 그곳은 누군가 빵을 먹다 실수로 흘린 부스러기처럼 돌무더기가 흩어져 있을 뿐이었다. 형은 그 빵 부스러기들이 과거에 로마 양식으로 지어진 원형극장이며 야외 운동장이었다고 설명했다.

그곳이 바로 라오디케아였다. 거듭된 대형 지진으로 오래전 소멸해버린 고대 도시. 뭐, 이제는 본 샹스 내 어디서든 직항으로 갈 수 있는 공항까지 생겼지만 말이다.

〔chaos〕 오늘 라오디케아로 떠나. 그곳을 복원하는 일을 시작하게 됐어.
〔rich〕 그런 삭막한 곳을? 누가 찾아나 올까?
〔chaos〕 원형극장이 복원되면 전면에 광고판이 설치될 거야. 유명기업들의 경쟁이 벌써 치열한걸. 아직은 계획이지만 공항도 생길 거고.
〔rich〕 공항? 다들 핀즈가 남아도나 봐. 나도 한 번쯤은 가보고 싶다.

형과 나는 본 샹스 안에서 서로의 안부를 묻곤 했다. 둘 다 대부분의 시간을 이곳에 접속해 있었으므로 가장 편리한 방법이었다.

〔chaos〕 잘 지내고 있지?
〔rich〕 어제 새로 운동화도 하나 장착했어. 꽤 괜찮지 않아?

나는 〔chaos〕 앞에서 내 아바타를 한 바퀴 빙그르르 돌게 했다.

〔chaos〕 네 아바타 말고. 너 말이야. 너도 괜찮은 거지?

그 질문에 나는 잠시 망설였다. 습관적으로 입고 있던 티셔츠 자락을 얼굴까지 끄집어 올렸다.

〔rich〕 괜찮다마다.

나는 서둘러 대화를 끝맺었다. 내 몸에서는 고약한 냄새가 풍겼다. 현실이 코를 통해 폐까지 관통하는 기분이었다. 그럴 일은 없을 테지만 조금 더 길게 이야기를 나눴다가는 형에게 이 악취를 들켜버릴 것만 같았다.

어렸을 때부터 형은 뭐든 잘하는 축에 속했다. 많은 특기 중에서 특별히 미술에 두각을 보였다. 형의 묘사는 세밀하고 정확했다. 나는 형의 그림이 사진과 같다고 칭찬했는데 형은 그 말을 싫어했다. 보이는 것 이상을 그려내는 것이 꿈이라고 했다.

어찌 됐건 형은 특기를 살려 미대에 진학했다. 졸업할 즈음 미술 작품을 복원하는 프로젝트에 참여했다. 이후 실력을 인정받아 여러 회사에서 스카우트 제의를 받았고 커리어를 쌓아갔다. 본격적인 본 상스의 시대가 열리자 그 안에서 복원 전문 디자이너로 활동을 시작했다.

나는 어렸을 때부터 형과 대조적이었다. 뭐든 남들보다 뒤처졌다. 나는 아무것도 하지 않는 방법으로 나의 형편없는 실력을 감췄다. 초등학교 저학년 때 갑작스러운 사고로 부모마저

잃자, 학교 생활에도 적응하질 못했다. 나는 형보다 어리다는 이유로 슬퍼하는 일도 앞일을 걱정하는 일도 형에게 모두 맡겨 버렸다. 그렇게 불행으로부터 뒷걸음치려 노력했다.

하지만 그 노력은 번번이 실패했다. '불쌍한 아이'라는 꼬리 표가 집요하게 들러붙었기 때문이다. 창피하고 싫었다. 나는 도리어 선생님들을 괴롭혀 그들을 불쌍하게 만들었다. 절대 그 누구도 나를 동정의 시선으로 바라볼 수 없도록. 그렇게 나는 교내의 애물단지로 전락했다. 성공적이었다. 한 학년 동안 학 급을 다섯 번 옮겼고, 학교 측에서 전문 상담기관에 특수 상담 을 요청하기에 이르렀다.

상담을 맡았던 전문가는 내 안에 깊은 우울함이 존재한다고 말해, 나를 우울하게 만들었다. 겨우 떼어낸 꼬리표 뒤로 '우울 증'이라는 병명이 나붙었다. 나는 그 우울을 핑계 삼아 더 열 심히 선생님들을 괴롭게 했고, 교실 밖으로 도망 다녔다. 그러 던 중 담임은 내가 또래 아이들에 비해 잘 달린다는 사실을 우 연히 발견했다. 그는 곧장 육상부 코치에게 나를 떠넘겼고, 크 게 기뻐했다.

트랙 위에서 내 두 다리는 꽤 괜찮은 속력을 냈다. 고등학교 에 진학할 즈음 육상 유망주로 선정돼 지원을 받기도 했다. 나 이가 더해질수록 메달의 수는 늘어갔다. 내가 잘할 수 있는 유 일한 것을 찾았다고 믿었다. 국가대표로 발탁되기 위해 달리는 일에만 전념했다.

하지만 달릴 기회를 점차 상실했다. 대부분의 스포츠 경기는 본 샹스로 옮겨 개최됐다. 현실과 달리 내 아바타는 매번 예선 전에서 탈락의 고배를 마셨다.

항공사 유니폼을 착용한 아바타가 서비스 카트를 밀고 복도를 지나쳤다. 내 옆에 앉아 있던 남자가 그녀를 알아채고는 불러 세워 크래커와 음료를 요구했다. 승무원은 남자 앞에 크래커와 캔 음료를 내려놓았지만 놓기 무섭게 모습을 감췄다. 남자가 자신의 보관함에 모두 챙긴 모양이었다. 남자는 다시 한번 똑같은 주문을 했다. 역시 먹지는 않았다.

아바타라 하더라도 때가 되면 먹어야 했고 배설도 했으며 잠도 자야 했다. 그렇지 않으면 활동력이 현저히 떨어졌고, 그 상태로 방치하면 병에 걸리기도 했다. 본 샹스 안에서 생명을 부여받았다는 것은 그것을 잃을 수도 있다는 뜻이기도 했다. 죽을 수도 있다는 말이다.

하지만 핀즈만 넉넉하다면 죽음도 걱정할 필요는 없었다. 죽음의 정도에 따라 매겨진 핀즈를 '아니마(Anima)'라는 곳에 기부하면 부활이 가능했기 때문이다.

(wax)라는 ID의 남자는 세계 곳곳의 높은 건물을 찾아다니며 자살했다. 처음엔 그를 돈은 많은데 할 일은 없는 미친놈으

로 알았다. 본 샹스는 실제 세상의 물리적 거리 또한 그대로 환산해 그 안에 반영했다. 그 때문에 이동을 위해서는 시간과 돈이 소요됐다. 그가 죽기 위해 비행기 안에서 보낸 시간을 다 보태면, 일 년 하고도 7일 19시간이었다. 기나긴 시간을 낭비했다. 그렇다면 핀즈는 또 얼마나 날렸을 텐가. 매번 살아나기 위해 아니마에 바친 금액은 또 얼마이며! 내 계산대로라면 (wax)는 미친놈 중 최고 높은 곳에 있는 미친놈이었다.

그가 두바이의 부르즈 할리파에서 뛰어내릴 때는, 전 세계의 많은 이들이 두바이에 몰려들었다. 그의 자살을 감상하기 위해서였다. 그해 아랍에미리트는 역대 최대치 경제 성장률을 찍었다. 어찌나 많은 아바타가 몰려들었는지 그들이 두바이에 머물며 쓴 핀즈가 고스란히 아랍에미리트 GDP에 영향을 미친 것이다.

그 미친놈에게 세계 각국에서 러브콜을 보냈다. 우리나라에도 죽기 좋은 건물이 있으니 한번 와주십시오. 경비는 물론이고 부활 비용도 모두 대겠습니다. (wax)의 몸값은 하늘 높은 줄 모르고 치솟아 있었다. 그가 서울 스카이에서 자살할 때 내 아바타도 잠실에 있었다. 123층에서 (wax)가 몸을 날릴 때 나는 비로소 깨달았다. 그는 천재였다.

본 샹스는 죽었다 살아난 사람들이 아니마에 목숨값으로 내놓은 돈으로 인류 공동번영과 사회의 건전한 통합을 꾀했다.

빈부격차와 부의 불평등을 해소하겠다는 취지였으나 여전히 가난한 사람은 가난하고야 말았다. 본 샹스는 기후변화 대책과 전 세계 긴급구호 같은 일에도 앞장섰지만 특히 주거환경개선 사업에 주력을 기울였다.

부모님이 남겨두고 간 유일한 재산인 아파트도 주거환경개선 사업의 덕을 보았다. 결과적으로 형과 내가 동거 생활을 청산하고 각자 살게 된 원인이기도 했다. 형은 집을 구해 이사했다.

나는 접속자 명단에서 (chaos)를 검색했다. 형의 ID 앞에 비접속 중이라는 의미의 빨간 불빛만 선명했다. 형과 이렇게 긴 시간 연락이 두절된 적은 없었다. 형의 간섭이 귀찮아 수신을 무시해버리는 쪽은 거의 내 쪽이었다.

(rich) 나 지금 라오디케아로 가는 중이야. 다행히 선물함에서 형이 이전에 내게 보내준 비행기표를 발견했지 뭐야. 급히 만나야 해. 연락 좀 줘.

(rich님이 chaos님에게 메시지를 전송했습니다.)

잠시 눈을 감고 어둠 속에 머물렀다. 피곤했다. 라오디케아에 도착하기까지는 앞으로 열 시간 더 남았다. 어차피 정해진 시각이 되면 비행기는 내 아바타를 무사히 공항에 토해낼 것이다. 그곳에 있는 형의 회사 숙소를 찾아가면 무리 없이 (chaos)를 만나게 될 것이다. 다만, 이 지루한 시간 속에서 무엇을 해야 할지 떠오르지 않아 막막했다.

어둠 속에서 작은 창문 같은 것이 보였다. 이 집에는 창문이 사라진 지 오래다. 그대로 눈을 감고 나지막하게 창문, 하고 발음해보았다. 이제는 어색하기만 한 그 단어.

오 년 전의 그날이 불쑥 얼굴을 들이밀었다. 아니마에서 우리 아파트가 주거환경개선 시범구역에 포함됐다는 연락이 온 날이었다. 전 세계 백오십여 개 아파트와 주택단지가 채택됐다. 아파트 주민은 물론이고 도시 전체가 축제 분위기였다. 하지만 형은 달랐다.

"그래도 창문이 없어진다는 것은 끔찍하지 않니?"

의외였다. 형이야말로 본 샹스에서 제대로 된 직업을 가졌으며, 적지 않은 핀즈를 벌고 있는 축에 속했다. 그것을 환전해 식료품을 사고 공과금을 내고 저축도 할 수 있었다. 본 샹스 덕분에 지독한 빈곤에서 벗어난 것이다. 물론 그때도 육십 인치의 모니터가 있긴 했다. 하지만 이제 좀 더 본 샹스에 최적화된 환경에서 살게 된다는데 창문을 문제 삼는다니. 두 귀를 의심해야만 했다.

— 창문? 별수 없지. 집 안 모든 면을 플랫패널 디스플레이로 장착하려면.

"밖을 내다볼 수가 없어지잖아."

— 형, 본 샹스가 거대한 창문 아니야? 그 안에 접속하면 세상 모든 것을 다 내다볼 수 있잖아.

"그래도 좀 더 생각해보자. 난 싫어."

— 그동안 플라스틱 칼로 스테이크 한 조각을 겨우 썰어 먹었는데 본 샹스가 이제 우리 손에 잘 갈린 스테인리스 칼을 쥐여주겠다잖아. 도대체 뭘 망설여?

형은 플라스틱 칼을 선택했다. 이 아파트에서 더는 쓸모없어진 육십 인치 모니터를 들고 이사했다. 나는 끊임없이 형의 의도를 의심해야만 했다. 나를 먹여 살리는 일에 신물이 나서 괴상한 핑계를 대고 독립하려는 기회를 만드는 것은 아닐까. 벌써 그날의 죗값을 다 청산했다고 믿어버리는 것일까.

형은 따로 살게 된 이후에도 매달 펀즈를 꼬박꼬박 보내왔다. 생활에 조금의 어려움도 없을 만큼. 나는 단 한 번도 형에게 고맙다고 말하지 않았다. 대신 이것은 무척 당연한 이치라고 일러줬다. 혹시라도 형이 그날을 잊기라도 할까 봐, 가끔 그 사건을 되새겨주기도 했다. 그 말미에 형은 악당 중의 악당이라고 덧붙일 때도 많았다.

형이 새로 이사한 집은 창 너머로 바다가 보인다고 했다. 창문이 너무 큰 바람에 파도가 집 안으로 밀려드는 착시가 일 정도라며. 일하지 않는 시간에 형은 캔버스를 들고 해변에 나가 그림을 그린다고 했다. 때때로 푸른색 물감으로 완성된 바다를 내게 보여줬다. 나는 팔지도 못할 것을 왜, 하며 핀잔을 늘어놓았다. 그때마다 여기 한번 오지 않을래, 하고 형이 물었던 것 같다.

그렇게 나는 형의 주소도 여태 몰랐다.

옆에 앉은 승객은 또다시 승무원을 불렀다. 이번에도 크래커와 음료를 요구했다. 나는 한심하다는 듯 남자를 바라봤다.

〔mosaic〕 내게 크래커와 음료를 더 줄 수 있어?

승무원은 고개를 저었다. 하지만 〔mosaic〕는 미소를 지으며 같은 말만 반복했다. 내 앞 좌석의 여자가 그들의 대화에 불쑥 끼어들었다.

〔ruby〕 공짜 음식이나 챙기는 거지새끼.

〔ruby〕는 시시각각 색이 변하는 헤어핀을 착용하고 있었다. 과한 크기의 리본 모양이었는데 그것은 보는 것만으로도 현기증을 불러일으켰다. 나는 슬며시 그 아이템을 클릭해 정보를 확인했다. 샤넬에서 이번 시즌에 출시한 신상 아이템이었다.

나로선 감히 엄두도 낼 수 없을 만큼 비쌌다.

〔ruby〕는 ID처럼 손가락에 빨간 루비 반지도 꼈다. 도대체 뭐 하는 여자일까, 싶었다. 설마 저런 부담스런 헤어핀을 실제로도 착용하진 않겠지.

〔mosaic〕 내게 좀 더 서비스를!

〔mosaic〕는 주변의 눈총과 조롱에도 아랑곳하지 않고 계속해서 주접스럽게 굴었다. 비행의 목적이 마치 기내 서비스를 탐닉하기 위한 것처럼 비춰졌다. 참다못한 승무원은 서비스 카트에 실린 음료 열 캔, 크래커 전부를 그에게 전달했다. 〔mosaic〕의 두 눈이 하트 모양으로 바뀌었다. 그에 반해 승무원의 머리 위에서는 연기가 피어오르고 번개가 번쩍였다.

나는 뭐라도 좀 먹어야겠다는 판단이 들었고, 거실로 가 냉장고를 열었다. 냉장고 안은 가득 차 있었지만 먹을 수 있는 것을 찾기는 힘들었다. 대부분 곰팡이가 피거나 이미 새로운 물질로 탈바꿈돼 있었다. 수색 끝에 말라비틀어지긴 했으나 그나마 먹는 건 가능한 피자 한 조각을 건졌다. 그것을 입안으로 욱여넣었다. 목이 말라 싱크대 수도에 컵을 들이댔지만 물은 나오지 않았다. 당황스러웠다.

한쪽 디스플레이에 상점을 띄우고 입장했다. 잡히는 대로 생수와 과자, 냉동식품 따위를 클릭해 장바구니에 담았다. 서둘러 결제버튼을 누르려는데 상단의 문구가 눈에 들어왔다.

'실물 판매 및 배달은 핀즈 사용 불가'

혹시나 했지만 여전히 그랬다. 다른 상점들도 사정은 마찬가지였다.

하필이면 이때 기내식이 제공됐다. (mosaic), (ruby), 나의 아바타 (rich)까지 모두 저작 행위에 집중했다. 다른 이들도 그랬다. 나는 입맛을 다시며 그들의 공중 만찬을 부러운 시선으로 바라봤다. 형에게 보낸 메시지는 여전히 '읽지 않음' 상태였다.

식탁 위에 놓인 '샴2'라는 책이 눈에 들어왔다. 이 지독한 허기를 잠재울 수만 있다면 그거라도 뜯어먹고 싶은 심정이었다. 샴2는 작가 김철수의 연작소설로, 밤만 되면 주인공의 샴고양이가 여자로 둔갑하는 내용이었다. 고양이도 사람도 아닌 그 묘한 것과 주인공은 매일 밤 사랑을 나눴다. 누가 볼까 민망한 그렇고 그런 삼류 소설이었다. 맨 앞장에는 김철수 씨의 친필 사인도 있었다. 나는 그것을 통해 옆집의 늙은 남자가 김철수라는 사실을 알게 됐다.

그는 어느 날 우리 집 초인종을 눌렀다. 인기척이 없자 김철수 씨는 대문 앞에 샴2와 싸구려 와인 한 병을 내려놓고 갔다. 나는 몇 시간쯤 지난 뒤 살그머니 대문을 열고 그것을 확인했다. 쪽지도 있었다. 작가라고 믿기 어려울 만큼 굉장한 악필이었다.

'이번에 출간한 내 책입니다. 한잔하며 잠시 대화 나누고 싶었습니다.'

요즘에도 종이책이 출판된다는 사실이 놀라웠다. 책의 무게가 낯설었다. 유물 같은 그것, 그러니까 샴2는 쓸데없이 야하기만 했다. 와인까지 곁들여 읽으니 상상력이 총동원됐다. 읽는 동안 휴지를 몇 통 써야만 했다.

후반부에 치닫자 샴고양이는 말도 없이 집을 나갔다. 또 말도 없이 한 달쯤 지나 돌아왔다. 그리고 던진 첫 마디가 임신을 했다는 고백이었다. 막장 중에 막장이구나 싶을 때 이야기가 끝이 났다. 배 속의 것이 고양이인지 아니면 자신의 아이인지 주인공이 고민하는 장면으로. 전편을 읽지 않았음에도 이해하는 데 큰 어려움이 없다는 점, 그것이 샴2의 유일한 장점이었다.

나는 샴3가 아니라 김철수 씨가 미친 듯 궁금해졌다. 이런 어처구니없는 이야기를 앞으로 어떻게 이어나갈 작정인지. 하마터면 옆집 대문을 두드릴 뻔했다. 하지만 샴3는 발매가 될 수 없는 사정이 생겼다.

어느 날, 경찰을 대동해 아파트 관리소장이 옆집 대문을 부쉈다. 김철수 씨는 죽어 있었다. 왜 죽었는지 언제 죽었는지 아무도 모른다. 추측만 잇따를 뿐이다. 경찰은 어떻게 시체가 저렇게 썩을 때까지 옆집에서 모를 수 있냐며 나를 힐난했다. 이어 현관에서 우리 집 안을 들여다보고는 코를 쥐고 눈살을 찌푸렸다. 그제야 이해하는 눈치였다. 나 역시 그 악취의 근원이 우리 집인 줄로만 알았다.

경찰과 관리소장은 밖에서 몇 마디를 더 주고받았다.

"본 샹스, 그것에 미쳐서. 다들 미쳐가지고."

나는 속으로 외쳤다. 시대에 뒤처진 늙은 꼰대 새끼들.

본 샹스의 알림 모드를 켰다. 졸음이 몰려들었고 잠시 눈을 붙일 참이었다. 그러는 동안 형이 메시지를 읽고 답장을 보낼 수도 있다고 생각했다.

막상 침대에 누우니 잠이 달아났다. 벽과 맞닿아 있는 침대 틈 사이로 손을 집어넣었다. 더듬거리니 손끝에 리모컨이 잡혔다. TV는 잘 보질 않았다. 잠들기 전 적적해서 켜두거나 본 샹스의 일상이 지겨울 때 일탈의 수단으로 삼았다.

천장에 또 하나의 화면이 열렸다. 나는 가장 편한 자세로 누워 그것을 바라봤다. 천장에는 설원이 펼쳐졌다. 늑대개 무리가 그 눈밭을 가로지르고 있었다. 문득 지금 바깥의 계절이 어디쯤 지나고 있을지 궁금했다. 여름 같기도 했다. 아니다. 가을일까. 겨울일지도 모른다. 늑대개가 코를 눈 속에 처박고 무언가를 찾기 시작했다.

나는 갈증을 느꼈다. 두 손으로 눈을 그득 떠서 입안으로 마구 처넣고 싶은 심정이었다. 의도적으로 침을 삼키지 않고 입안에 고이게 했다. 그리고 조금 있다가 꿀꺽 삼켰다. 그런다고 나아질 리 없었다.

채널을 돌렸다. 그러고는 침대에서 일어나 현관으로 향했다. 쌓아둔 쓰레기더미로 출입문이 자취를 감춘 지 오래였다. 쓰레기봉투를 헤집으니 빈 플라스틱병 몇 개가 나왔다. 아쉬운 대로 그 주둥이를 입에 대고 바닥을 탁탁 내리쳤다. 혓바닥에 몇 방울의 액체가 닿았다.

"본 샹스의 환전업무 중단은 명백한 살인행위입니다."

흥분한 남자의 목소리가 집 안의 정적을 뒤흔들었다. 나는 놀라는 바람에 혀를 씹었다. 입안으로 뜨스한 것이 감돌며 쇠비린내가 났다. 쓰레기 뒤지는 일을 관두고 천장을 노려봤다. 마주 보고 앉은 두 명의 패널이 TV 속에서 목소리를 높이고 있었다.

'본 샹스 시대, 미래에 대한 대책'이라는 주제의 토론 쇼였다. 극명하게 대립된 견해를 보이는 두 사람은 외모마저도 전혀 반대였다. 한 사람은 대머리였으며, 한 사람은 머리숱에 턱수염까지 풍성했다.

턱수염이 말했다.

"이 사태의 모든 책임이 본 샹스에 있다는 말씀인가요? 그것은 억지입니다."

"억지요? 유례없는 대공황이에요! 다 죽어간다고요. 전 세계를 몰락시킬 작정이 아니라면 본 샹스는 지금 당장이라도 핀즈 환전업무를 재개해야 합니다."

대머리는 말미에 주먹으로 테이블을 강하게 한 번 내리쳤다. 턱수염은 자신이 그 주먹에 얻어맞기라도 한 듯 얼굴이 붉으락푸르락 달아올랐다. 나는 침대로 돌아와 그들의 말싸움을 경청했다. 나 역시 궁금했다. 아니, 초조했다. 물조차도 마시지 못하게 되어버렸다. 도대체 어떻게 하면 좋을까. 이제 그리고 앞으로 말이다.

이번 사태를 두고 각계의 대응은 다채로웠으나, 일관됐다. 자신들이 짊어져야 할 손해를 최소화하기 위해 발 빠르게 움직였다. 하나로 연결됐던 두 개의 세계가 정확한 선을 긋고 쪼개졌다. 낯선 상황에 다들 우왕좌왕했다. 그저 모든 것이 제자리로 돌아올 것이라 믿으며 하루하루를 버텨나가는 수밖에 없었다.

내가 가진 것은 본 샹스 지갑에 든 핀즈뿐이었다. 여분의 비상금 따위를 따로 가지고 있을 생각은 하지 못했다. 핀즈가 전 세계 공용 화폐로 통용된 것은 이미 오래전 일이었다. 대부분의 온오프라인 상점은 본 샹스에 입점해 있었고, 그곳에서 무엇이든 주문 가능했으며 그곳이 어디든 집 앞까지 배송해주는 세상이었다. 편리를 위해 나처럼 전 재산을 핀즈로 보유하고 있는 이들도 적지 않았다. 나는 당장 공과금 따위도 지불할 수 없게 됐다. 야박하다 못해 잔인하게도 수도가 끊겼다.

시작은 늘 사소했다. 모 기업과 몇몇 개인들의 본 샹스 지갑에서 핀즈가 사라졌다. 그리 크지 않은 액수였고, 본 샹스는 단순한 시스템 오류라고 발표했다. 이어 서버를 안정화시키고 보안을 강화했다. 그들이 잃은 핀즈보다 더 큰 액수를 지갑에 채워줬다. 본 샹스는 이제 안심해도 된다고 입장을 밝혔고, 단순 해프닝으로 끝나는 듯했다.

하지만 그로부터 며칠 뒤, 전 세계에서 동시다발적인 핀즈 증발 사건이 벌어졌다. 그 액수는 가늠조차 할 수 없는 단위였다. 그제야 사람들은 본 샹스의 거짓말을 눈치챘다. 핀즈를 노리고 누군가 의도적으로 벌이는 짓이었다는 걸. 본 샹스는 범인을 추적 중이며 곧 검거할 것이라고 했다. 안타깝지만 이 또한 거짓말이었다.

어떤 경로를 통해 개인 계좌까지 파고들어 핀즈를 쓸어 가는지, 그 막대한 금액이 어디로 흘러가 고이는지 본 샹스는 파악조차 못 했다. 형체 없는 그 악당을 편의상 Z라고 칭할 뿐이었다. 그즈음 핀즈를 환전해 일반 은행으로 옮겨가는 이들도 생겼다.

나는 기우라 여겼다. 본 샹스가 가꿔놓은 꽃밭에 잠시 뛰어든 못된 강아지 정도로 Z를 이해했다. 본 샹스가 결국 대책이랍시고 환전업무 중단 선언을 할 때까지도 말이다. 본 샹스는 Z가 핀즈를 현금화하는 것을 막겠다는 취지라고 했다. 잠시면 될 것이라고 했다. 그 잠시는 두 달이 훨씬 지난 오늘에 이르렀고, 핀즈는 실생활에서 거부됐으며, 내 숨통은 조여들었다.

삿대질까지 일삼으며 대머리가 소리를 높였다.

"이번 사태는 어쩌면 예견된 일이었는지도 모릅니다. 요즘 사람들의 삶이 본 샹스 안에 너무 치중돼 있어요. 바깥세상과도 어느 정도 균형을 유지했어야 해요. Z가 우리에게 이 점을 시사하고 있는 것일지도 모릅니다. 우리는 그의 목소리에 귀를 기울여야 합니다. 아바타를 앞세우지 말고 직접 밖으로 나가 땀을 흘리고 노동을 하란 말입니다."

이번에는 턱수염이 테이블을 쾅, 하고 내리쳤다. 그 바람에 앞에 놓인 물 잔이 엎어졌다. 당황한 턱수염은 자료가 젖지 않게 치우며 태연한 척 말을 이어갔다.

"통계에 따르면 말입니다. 이삼십 대 인구 절반 이상이 본 샹스 안에서 직업을 갖고 있어요. 시대를 망각하지 않으셨으면 해서 드리는 말씀입니다. 또 하나, Z는 범죄자예요. 이 사태를 빚어낸 장본인이라고요. 아까부터 계속 Z를 옹호하시는데……."

참으로 이상했다. 시간이 지나 그로 인한 문제가 커질수록 사람들은 Z를 증오하는 것이 아니라 숭배하기 시작했다. Z를 숭배하는 종교단체가 설립될 정도였다. 종말과 구원의 키워드를 양손에 쥔 Z! 그는 출현한 지 일 년여 만에 신격화되고 있었다.

전 세계 유명한 해커들의 명단이 거론됐다. 과거의 전적과 실력을 바탕으로 Z일 가능성을 추정했다. 초반에 그들은 결백을 주장하려 애썼으나 결국에는 Z로 의심받는 것을 즐겼다. 유명세가 곧 돈으로 변하는 시대였다. 그 사실을 그들이 모를 리없었고 기회를 놓치지 않았다. 자신이 Z라고 주장하거나 혹은 Z를 잘 알고 있다고 했다. 그의 의도를 전달하는 매개체인 양 행세하기도 했다.

미궁에서 출발해 미궁으로 향했으며, 결국 미궁에 당도했다. 덕분에 은행 창구는 근 십 년 만에 북새통을 이뤘다. 보유한 현물 자산을 통해 대출을 받기 위한 움직임이었다. 나 역시거주 중인 아파트로 얼마간의 돈을 대출받으려 했다. 본 샹스의 환전업무가 정상화될 때까지 미궁 속에서 버텨야 했으니까.

나는 온라인 대면 신청을 접수하고 은행에서 연락이 오기만을 기다렸다. 닷새쯤 지났을 때 은행과 영상 면담이 가능했다. 화면 너머에는 아바타가 아닌 진짜 사람이 내게 미소를 지으며 안녕하세요, 하고 말했다. 머리를 단정하게 빗어 묶은 내 또래의 여자였다. 형이 아닌 누군가가 내 안녕을 묻는 것도, 마주하는 것도 오랜만의 일이라 식은땀이 났다. 목적도 잠시 잊었다.

"현재 거주하고 계신 아파트가 공동명의로 돼 있네요. 두 분 서류가 모두 준비돼야 대출 심사가 가능합니다."

"형이요? 형은 지금 없는데요."

나는 상대를 제대로 쳐다보지도 못하고, 고개를 숙인 채 대화했다.

"고객님, 현재 대출 업무 상담이 많아서요. 먼저 안내해드린 대로 준비하시고 접수해주세요."

"형이 갑자기 연락이 안 돼요."

"그 문제는 저와 상의하실 수 없어요. 연락이 안 되면 직접 찾아가 만나서라도 서류를 준비하셔야죠."

"그러니까 형이 지금 라오디케아에 있거든요."

"어디요?"

잠시 어색한 침묵이 흘렀다. 나는 고개를 들었다. 은행원은 의심이 가득한 눈초리로 나를 바라봤다.

"본 샹스 안의 라오디케아! 사라진 고대 도시인데, 거기를 복원하는 일을 하고 있어요."

"고객님, 다시 한번 말씀드릴게요. 이 아파트는요, 강찬, 강진 씨 두 분 명의로 되어 있습니다. 강찬 씨가 형이란 말씀이시죠? 그분 서류도 필요하단 거예요. 아바타가 라오디케아에 있든 우주에 있든 제 알 바 아니고요. 형님이신 강찬 씨를 직접 만나셔서 필요 서류를 준비해 보내주시면 됩니다."

"그러니까 제 형이 chaos인데, 라오디케아에…… 그래요, 라오디케아에 가면 찾을 수 있겠죠. 아, 그런데 형을 만나면 대출을 받을 필요가 없어질 수도 있겠네요. 형한테 돈을 받으면 되니까. 핀즈 말고 돈. 진짜 돈 말이에요. 형은 내게 무조건 줘야 하죠."

은행원이 고개를 좌우로 흔들며 한숨을 내쉬었다. 나는 대화라기보다 히죽이며 혼잣말 같은 것을 계속 중얼거렸다. 머릿속이 배배 꼬여버린 듯했다. 은행원은 고 작고 어여쁜 입술로 내게 이렇게 말했다.

"찐따 새끼."

낮은 음성이었으나 분명했다. 나는 순간 당황해 아무 말도 못 했다.

"뭐라고 지껄이는 거야, 바빠 죽겠는데."

곧 연결이 끊어졌다. 분한 기분에 다시 연결을 시도했으나, 대기자가 많아 불가했다.

나는 오랜만에 달렸다. 무엇인지 정확히는 모르겠으나 그것으로부터 영원히 도망칠 작정인 것처럼 달렸다. 그것이 꿈속이라는 것을 알아차렸을 때 두 다리는 속력을 상실했다. 잠에서 깬 뒤에도 한참을 생각했다. 나는 어디를 향해 달렸으며 무엇에게 쫓긴 것일까. 떠오르지 않았다. 다만 다리가 기분 나쁘게 욱신거릴 뿐이었다. 내가 얼마나 잤는지도 가늠이 되질 않았다.

벽면으로 시선을 돌렸다. 그제야 아수라장이 된 기내가 눈에 들어왔다. 이전처럼 좌석을 지키고 있는 것은 내 아바타와 바로 옆의 남자, (mosaic)뿐이었다. 무슨 일인가 싶었다. 수십 명의 승객이 서로 뒤엉킨 채였다. 바닥에 깔려 바동대는 아바타도 있었다. 그 난리 틈에 익숙한 것이 보였다. 여전히 오색찬란하게 빛나는 리본.

(rich) mosaic! 무슨 일이 벌어진 건지 내게 설명해줄 수 있어? 내가 자리를 비웠다가 방금 돌아왔거든.
(mosaic) '팝업 걸'의 등장. 현재 진행 중!

갑자기 하늘 위로 황금색 동전 수십 개가 솟더니 바닥으로 곤두박질쳤다. (ruby)가 뿌린 것이었다. 그 경쾌한 소리에 맞춰 아바타들은 일제히 몸을 날렸다. 승무원 역시 본인의 업무를 망각하고 그들 틈에 몸을 밀어넣었다. 날렵하게 움직이며 핀즈 줍기에 여념이 없었다.

팝업 걸(Pop-up girl). 기업에 일정한 금액이나 아이템을 협찬받고 광고를 뿌리고 다니는 아바타를 그렇게 불렀다. 본 상스 내에서 팝업 걸은 선망의 대상이자 행운의 여신처럼 대우받았다. 황금색 동전 안에는 얼마간의 핀즈와 광고가 들어 있었다. 그것을 줍거나 습득하면 광고창이 열렸다. 그 광고를 시청하고 핀즈를 얻는 형태였다. 어느 것을 줍느냐에 따라 핀즈 액수도 달라졌다. 사탕 한 알부터 소형차 한 대 정도까지, 금액은 천차만별이었다.

나는 말로만 들었지 실제로 팝업 걸을 만난 것은 이번이 처음이었다. 팝업 걸은 원한다고 만날 수 있고 원한다고 될 수 있는 그런 존재가 아니었다. 본 샹스 내의 인지도와 영향력을 분석해 선정됐다.

짧고 굵은 소란을 마무리하고 (ruby)는 자리로 돌아와 앉았다. 곧 기내는 언제 그랬냐는 듯 정돈됐다. 아무 일도 일어난 적 없었던 것처럼.

앞자리에 앉은 (ruby)의 헤어 액세서리가 갑자기 뿔로 바뀌었다. 곧 고개를 홱 돌려 나와 (mosaic)를 번갈아 바라봤다. 행운의 여신께서 크게 언짢은 일이 있는 듯했다.

(ruby) 여태 100% 참여율을 놓친 적 없었는데.

광고를 뿌릴 때 근방의 아바타 참여도에 따라 팝업 걸의 능력은 평가됐다. (ruby)는 (mosaic)와 나의 미적지근한 반응에

화가 난 모양이었다.

〔ruby〕 멍청이들. 그따위 크래커나 주워 먹지 말고, 핀즈를 주우라고!

틀린 말은 아니었다. 나야 어쩔 수 없었다지만 〔mosaic〕는 왜 참여하지 않았을까. 공짜라면 누구보다 먼저 달려들 것처럼 보였는데.

그때 〔mosaic〕가 입을 열었다.

〔mosaic〕 핀즈로 뭘 하지? 결국 아바타에게 크래커나 사주겠지. 우리 모두.

〔mosaic〕의 반격에 기내의 다른 아바타들이 야유를 보냈다. 〔ruby〕의 날카로운 시선이 나를 향해 꽂혔다.

〔ruby〕 rich! 당신도 같은 생각이야?

옆 좌석이라는 이유로, 공짜 크래커나 음료 따위를 탐하는 〔mosaic〕와 같은 취급을 받는 것이 싫었다. 괜히 자존심이 상했다. 뭐라도 보여줘야 했다. 그래서 지갑을 열었다. 환산하면 삼십만 원가량의 핀즈를 바닥에 내던졌다. 마치 팝업 걸이라도 되는 양. 그리고 말했다.

〔rich〕 난 보다시피 핀즈가 아쉽지 않아.

〔ruby님이 rich님을 친구목록에 추가했습니다.〕

승무원은 바닥에 떨어진 핀즈를 냅다 주워 가졌다. 승무원
의 두 눈이 하트로 변했다. 〔mosaic〕가 승무원을 향해 말했다.

〔mosaic〕 곧 착륙할 텐데. 마지막으로 내게 크래커를 서비스해주길.

밖은 어두웠다. 공항을 빠져나오기 무섭게 현란한 빛이 나를
집어삼킬 듯 달려들었다. 맞은편 건물 외벽 광고판에서 뿜어
져 나오는 빛이었다. 나는 한참을 멍하니 서서 그것을 감상했
다. C브랜드 택시회사의 광고였다.

광고판 안에서 잘빠진 택시 한 대가 부아앙, 엔진 소음을 냈
다. 빠르게 내달리더니 이내 광고판 밖으로 사라졌다. 그 사라
진 부근으로 시선을 옮기자 정말 C택시가 있었다. 줄지어 늘
어선 C택시는 공항에서 빠져나온 승객들을 기다리는 모양이
었다.

나는 그쪽으로 발길을 옮기며, 다시 광고판을 올려다봤다.

어느새 광고판은 사라지고 없었다. 타원형의 웅장한 건축물이 그 위엄을 과시할 뿐이었다. 짙은 크림색의 트레버틴으로 이뤄진 외벽에 로마시대의 감각이 묻어났다. 나는 그제야 그것이 형이 말하던 원형극장이란 것을 깨달았다. 형을 만나기라도 한 것처럼 반가웠다. 또다시 건물에 광고가 덧입혀졌다. 서둘러 발걸음을 재촉했다.

'TOUR'라고 쓰인 깃발을 든 이가 저만치에 서 있었다. 그는 나를 발견하고는 깃발을 흔들어 보였다. 여행 가이드인 모양이었다. 나는 여행객이 아니라는 의미로 고개를 흔들었다. 그 앞으로 몇 명의 아바타들이 서성대고 있었다. 선글라스나 사진기 따위를 장착한 것으로 보아 이곳에 여행 온 이들 같았다.

내 아바타를 C택시에 태웠다. 문을 채 닫기도 전에 택시는 광고에서처럼 과한 엔진 소리를 냈다. 택시기사의 손가락이 눈에 들어왔다. 열 손가락에 모두 십자가로 된 반지를 끼고 있었다. (joe)는 나를 향해 짧게 본 샹스, 하고 인사하며 엑셀러레이터를 밟았다.

본 샹스는 이 세계의 이름이기도 했으며, 이 안에서 건네는 인사말이기도 했다. 행운을 빌어요, 라는 뜻을 지닌.

(joe) 어디에서 날아오는 길?

나는 정상적이지 않은 질문 형태에 조금 당황했다. 택시기사라면 앞으로 내가 갈 행선지를 물어야 했다.

〔rich〕 한국.

가는 동안 그와 어색해질 것을 염려해 마지못해 대답했다.

〔joe〕 혹시 한국인이야? 당신은 지금 한국에 있어? 나는 예전에 한국에 간 적 있어. 물론 내 아바타 말고 내가 직접. 멋진 곳이라 생각해.

이 안에서 국적을 따져 묻는 것이 무슨 쓸모인가 싶었다. 모든 아바타의 국적은 본 샹스 아니던가. 언어의 장벽을 뛰어넘는 자동 번역 시스템이 존재했고, 핀즈만 있다면 어디든 이동해 다니고 어느 나라 사람도 될 수 있었다. 〔joe〕처럼 유저의 개인정보나 신상을 묻는 일은 쓸데없고 무례했다.

〔joe〕 환전 중단으로 한국도 문제가 많아?

나는 사적인 질문에 더 대꾸하지 않았다. 〔joe〕는 그제야 진짜 내게 물어야 할 것을 물어왔다.

〔joe〕어디로 갈까?

　대답하려고 보니 형의 회사명이 헷갈렸다. 여전히 형은 본 샹스에 접속하지 않았다. 이번에는 별수 없이 내가 개인적인 사정을 〔joe〕에게 털어놓았다.

〔rich〕형이 라오디케아의 복원 전문 디자인 회사에서 일해. 그의 아바타는 회사에서 제공하는 이곳 숙소에서 머물지. 그런데 회사 이름이 잘 떠오르지 않아.

〔joe〕문제없어. 라오디케아에 거주 구역은 오로지 인술라뿐이니까.

　그때였다. 〔joe〕가 갑자기 브레이크를 밟았고 그 바람에 그와 내 아바타가 잠시 휘청했다. 도로 한복판에 퍼플슈트를 입은 사내가 서 있었다. 그의 한 손에는 커다란 자루가 들려 있었다. 하마터면 〔joe〕가 그를 칠 뻔했다. 〔joe〕는 창문을 내리고 말했다.

〔joe〕어서 비켜.

　퍼플슈트를 입은 사내는 우리를 향해 가운뎃손가락을 들어 보였다. 〔joe〕가 클랙슨을 울려댔고, 그는 마지못해 느릿느릿

갓길로 비켜섰다. 나는 문득 형이 퍼플슈트를 입게 된 것은 아닌지 생각했다. 그 때문에 내가 보낸 메시지를 읽지도 보내지도 못하는 것 아닐까. 아니다, 그렇다 하더라도 접속 중이라는 것만큼은 확인이 될 것이다.

본 샹스 안에도 규칙과 법이 존재했다. 인간이 모이는 곳 어디나 그것은 필수였다. 인간들은 자유와 권리를 보장받고 싶어 하면서 타인의 것은 강탈하길 즐긴다. 본래 정의롭지 못하기 때문에 어디서든 정의가 필요했다. 본 샹스 안에도 경찰이 있고 변호사가 있으며 판사가 존재했다. 아바타도 죄를 지으면 처벌을 받거나 재판을 받았다. Z처럼 그 외부에까지 피해를 주지 않는 한, 본 샹스 안에서 아바타가 죄에 대한 책임을 지면 됐다. 퍼플슈트를 입고 말이다.

본 샹스에는 교도소가 따로 존재하지는 않았다. 하지만 범죄자를 퍼플슈트 안에 가뒀다. 퍼플슈트를 입게 되면 많은 제한이 뒤따랐다. 먼저 다른 아바타와 대화가 불가능해진다. 타 도시로의 이동이나 여행도 안 된다. 무상으로 노동력을 본 샹스에 제공하며 죗값으로 정해진 핀즈를 갚아야 한다. 하지만 핀즈로 생명도 사는 곳이 본 샹스 아니던가. 핀즈는 죄도 씻어 없앴다.

그런 점에서 본 샹스의 법과 규칙은 치사했다. 불평등과 불공정을 야기하는 악의 산물이라고 누군가 표현했다. 하지만 이런 생태가 어디 이 안에만 국한된 것인가. 새삼스러울 정도였다. 본 샹스는 우리가 사는 세계의 외형뿐 아니라 그 속성까지도 너무 닮아 있었다. 교묘한 방법을 앞세워 공정한 척하는.

　나와 형은 사고로 부모를 잃었다. 그때 우리는 어렸고 무엇보다 돈이 없었다. 사고 가해자는 꽤 잘나가는 변호사를 구해 자신의 죄를 조리 있게 지워냈다. 대응할 엄두조차 내지 못했다. 결국 사고 가해자는 부모를 앗아간 대가로 우리에게 약간의 위로금을 전달했다. 판사는 이제 막 도입됐던 '페런츠 시스템'을 제공하라고 판결에 덧붙일 뿐이었다. 알량한 연민이었다.

　나는 상점에서 작은 크기의 전광판을 구매했고 아바타의 앞가슴에 그것을 장착했다. 누구든 볼 수 있도록 'chaos를 찾는 중'이라는 문구를 넣었다.

　인술라는 아파트 단지와 비슷한 개념이었으나 그 모양은 낯선 건축물이었다. 그동안 형과 주고받았던 메시지에서 다행스럽게도 형의 회사 정보를 발견했다. 어렵지 않게 형의 숙소가 V동에 있다는 것까지 알아냈다. 하지만 V동은 안쪽 깊숙이 위치했으므로 건물 밖에서는 볼 수 없었다.

　인술라는 위로 뻗은 형태가 아닌 단층으로 건물 자체가 돌돌 말린 형태였다. 알파벳으로 된 A부터 Z까지의 각 동이 복도로 길게 연결된 셈이었다. 그 스물여섯 개의 동은 오로지 하나의 문을 입구이자 출구로 사용했다. 그런 의미에서 보자면, 분리된 개념의 '동'보다는 '구역'이라고 해석하는 게 알맞아 보였다.

독특하고 복잡해 보여도 이 건물 안에서는 단순하게 복도만 따라 걸으면 되니 헤맬 이유는 없어 보였다. 나는 형의 숙소가 어디쯤일지 손가락으로 원을 그려가며 가늠했지만, 곧 현기증이 밀려왔다.

출입구는 경비원 두 사람이 지키고 있었다. 나는 형이 몇 호에 거주하는지는 알지 못했다. 그들에게 도움을 청할까도 고민했으나 어깨에 기관총이 장착된 것을 발견했다. 나는 말을 걸지 않기로 했다. 괜히 그 총에 맞기라도 한다면, 아까운 핀즈만 날리고 말 것이다. 그들의 시선을 자극하지 않을 만큼의, 하지만 출입구가 잘 보이는 벤치에 자리를 잡았다. 인술라의 그 단순한 형태에 잠시 감사하며.

형은 본 샹스에 접속하면 언제든 숙소에 들를 것이고, [rich]는 [chaos]와 만날 것이다. 나는 형과 함께 돌돌 말린 복도를 한없이 걸어 어디쯤으로 들어가는 상상을 했다.

나는 따로 산 뒤로 형이 내 아파트에 오는 것을 달갑지 않게 여겼다. 본 샹스 안에서 [rich]와 [chaos]로 만나는 편이 좋았다. 내 공간으로 불쑥 형이 밀고 들어오면 나는 악착같이 밀어내려 했다. 자는 척하거나 정말 자버렸다.

"너무 많은 것을 본 샹스에 지불하고 있다고 생각하지 않니?"

진득거리는 거실 바닥을 걸레질하다 말고 형이 갑자기 내게 물었다. 형이 마지막으로 내 집을 방문한 날이었던 것 같다.

"진아, 너 언제까지 이렇게 살 작정이야?"

나는 벽을 향해 모로 누워 있었다. 벽면의 디스플레이에 비친 형을 주시했다. 형의 질문에 그럴싸하게 답을 내놓고 싶었지만, 그럴 만한 답이 없었다. 화가 치밀었다.

— 위선자 새끼. 핀즈 좀 나눠준다고 네가 나한테 뭐나 되는 줄 알아? 네가 날 걱정해? 날 걱정하는 사람이 그따위 짓을 했니?

형이 침대에 걸터앉았다. 예상했던 반응이란 듯 별 동요 없이 차분하게 대답했다.

"그때는 너도 알잖아. 다른 방법이 없었어."

— 방법? 그렇다면 내가 이렇게 사는 것도 다른 방법이 없기 때문이야. 나 잘 거니까 이제 그만 가. 가서 창문 내다보면서 바다나 실컷 구경해.

매트리스에 실렸던 형의 무게가 일시에 사라졌다. 형은 외투를 걸쳐 입었다. 그러고는 한참을 서 있었다. 쇼핑백 하나를 침대 옆에 내려놓으며 말했다.

"간다. 당분간 오지 못할지도 몰라."

— 원하던 바야.

현관문이 여닫히는 소리가 등 뒤에서 들렸다. 나는 소리를
내질렀다.

— 넌 나한테 빚이 있는 거야. 잊지 마! 그걸 갚는 것뿐이야.

형이 돌아간 뒤 나는 꽤 긴 시간을 소리 내 울었다. 어린아이
처럼. 옆집에 아무도 살지 않는다는 것이 얼마나 다행인지 모
른다고도 생각했다. 쇼핑백 속 상자에는 270 사이즈의 런닝화
가 들어 있었다. 내 발에 꼭 맞는. 나는 신어볼 생각도 않고 침
대 밑으로 밀어 넣었다.

우리는 며칠 뒤 아무렇지 않게 본 샹스 안에서 조우했다.
[rich]와 [chaos]는 아무 일도 없었던 것처럼 안부를 묻고 일상
의 대화를 나눴다. 그 이후 달라진 것이 있다면 형은 이전보다
더 많은 핀즈를 보내왔다는 것과 다시는 내 아파트에 직접 찾
아오지 않는다는 것.

나는 결국 그렇게 이 아파트에 혼자 남겨진 것이다. 창문이
없는 탓에 바깥을 쉬이 잊었으며 시간도 계절도 형도 지워버
렸다.

[rich] 시발, 도대체 어디야?

[rich님이 chaos님에게 메시지를 전송했습니다.]

본 샹스의 새로운 날이 밝았고, 또 오후가 됐음에도 〔chaos〕를 만나지는 못했다. 대신 형의 직장 동료인 〔holly〕를 만났다. 만났다고 하기보다 그가 벤치에 누워 있는 나를 발견한 것이다.

〔holly〕 당신은 chaos를 왜 찾는 거야?

벤치 옆에 자전거를 세운 〔holly〕는 내 가슴팍을 손가락으로 가리켰다. 구세주라도 만난 기분이었고, 서둘러 대화에 응했다.

〔rich〕 chaos를 알고 있어? 내 친형이야.
〔holly〕 본 샹스! 난 인술라 V동에 살아. 나는 chaos의 보조업무를 해.
〔rich〕 난 형을 찾아야 해.
〔holly〕 오! 우리도 마찬가지야. 이번 달 말까지 '안약제조공장' 외부의 광고판 작업을 마쳐야 하거든.

나는 그의 말을 이해하기가 힘들었다. 번역에 오류가 난 건 아닌가 싶었다.

〔rich〕 안약제조공장?
〔holly〕 chaos의 야심작! 얼마 전에 복원을 마쳤고 현재 관광객들이 그곳

에 방문해 안약제조 체험을 하지. 인기가 아주 높아. 외부 인테리어 마무리만 남았는데 그가 거의 한 달째 출근하지 않고 있어. 그는 개인적인 사정으로 본 샹스와 단절 중?

〔rich〕한 달?

나는 무엇으로 머리를 한 대 얻어맞은 기분이었다.

〔holly〕오, 이런! 대체 무슨 일이야? 가족과도 연락이 두절된 응급상황? 나와 동료들은 그가 Z가 아닐까 농담했어. 아무런 이유 없이 갑자기 사라져서 말이야.

〔rich〕안약제조공장은 어디에?

〔holly〕에 의하면 사라진 것들을 복원해내는 일을 하던 형이, 어느 날 흔적도 없이 사라져버린 것이다.

***

솜사탕을 세 개나 먹고 회전목마도 탔다. 엄마는 내게 요즘도 우울하냐고 물었다. 나는 더는 우울하지 않은 것 같다고 대답했다. 엄마는 고개를 끄덕이며 만족스러운지 미소를 지었다. 혹시 다음 평가 때 그 부분에 대해 강조해줄 수 있냐고 물었다.

나는 대답 대신 엄마의 손을 힘주어 잡았다. 따뜻하고도 따뜻했다. 눈물이 날 지경이었다.

— 엄마, 유령의 집도 구경하고 싶어.

엄마는 시계를 보더니 조금 망설였다.

"벌써 삼십 분이나 초과했어."

나는 고글을 벗었다. 엄마가 아닌 홍 선생님이 난처한 표정으로 내 앞에 서 있었다. 가장 먼저 잡고 있던 홍의 손을 슬며시 놓았다.

"유령의 집은 말이야."

홍이 말했고, 그 어색한 음성에 질려 잠시 몸서리쳤다.

— 됐어요. 집에 갈래요. 형이 기다려요.

"다음 평가 때 잘 말해줄 수 있지? 그래야 너도 계속 엄마를 볼 수 있잖아."

부모가 없는 아이들에게 제공되는 페런츠 프로그램이었다. 최첨단 과학기술이 접목된 이 프로그램은, 만만치 않은 비용을 요구했다. 엄마와 아빠를 차로 치어 죽인 음주 운전자가 우리 대신 그 비용을 부담했다. 판사의 지시에 따라서 말이다.

페런츠 프로그램은 VR(Virtual Reality, 가상현실)과 AR(Augmented Reality, 증강현실), 그러니까 그 시대의 새로운 트렌드 기술을 바탕으로 등장했다. 나는 당시 초등학교 3학년이었기 때문에 그 시스템이 어떤 원리로 엄마와 아빠를 빚어내는지 이해할 수는 없었으나 부모가 매주 한 번씩 살아 돌아온다는 것에 감사했다. 고등학생이었던 형은 그 프로그램을 거부했다.

홍은 이십 대 중반의 배우 지망생이었다. 페런츠 프로그램의 핵심 기기인 고글에 내 부모의 생전 영상을 몇 개 업로드 했다. 고글을 쓰면 시청각에 VR과 AR 기술이 덧입혀졌다. 홍은 무리 없이 어느 날은 내 엄마가 됐다가, 어느 날은 내 아빠가 됐다. 배우 지망생이라 그런지 곧잘 내 부모의 말투와 억양까지 구사하며 연기했다.

나는 홍에게 아빠보다는 엄마를 만나게 해달라고 더 자주 부탁했던 것 같다. 엄마 품이 그리운 나이였다. 내가 고글을 쓰는 순간 홍은 의심 없이 엄마였다. 형은, 홍은 홍일 뿐이라고 못 박았지만 말이다. 홍은 아이를 양육해본 적 없는 젊은 여자란 점에서 어설프기도 했다. 어느 엄마가 아이가 원한다고 솜사탕을 연거푸 세 개씩이나 사주겠는가. 충치를 걱정해 한 개도 쉽지 않았을 테다.

홍은 나 이외에도 몇 명의 아이들을 더 맡고 있었다. 그 당시 홍의 유일한 밥벌이였던 것 같다. 분기별로 행하는 프로그램 평가에 홍이 유독 신경을 쓴 것도 그 이유였을 것이다.

나는 고글을 쓴 상태에서는 두말할 것도 없이 홍을 좋아했으며, 점차 홍을 그 자체로도 좋아했다. 홍은 나와 형에게 진짜 부모라도 되는 것처럼 음식을 만들어주기도 했으며 학용품을 사다주기도 했다. 가끔 냉장고에 식료품 같은 것을 채워주고 용돈도 줬다. 그 많은 아이 중에 나에게 유독 특별한 애정을 쏟는다고 느꼈다.

안약제조공장은 단체 여행 온 아바타로 붐볐다. 그들은 같은 디자인의 교복을 착용했으며 왼쪽 가슴 부근에 'Hilton academy'라는 학교 이름이 적혀 있었다. 초등학교 세계사 시간에 단체로 라오디케아에 견학 온 듯 보였다.

혹여 형을 만나거나 어떤 단서 같은 것이라도 찾을 수 있을까 기대하며 공장 안을 한 바퀴 배회했다. 하지만 무리에서 이탈해 딴짓하는 학생들과 그 뒤를 쫓는 인솔 교사들뿐이었다.

백 명은 거뜬히 수용할 커다란 테이블이 눈에 들어왔다. 약초와 사발 같은 도구들이 듬성듬성 놓여 있었다. 학생들은 물론이고 체험 온 이들이 테이블에 자리를 잡았다. 큐레이터로 보이는 이가 상석에서 약초를 빻고 섞도록 지시했다. 형의 회사 동료가 말했던 그 인기 있는 체험인 것 같았다. 체험이 진행되는 동안 큐레이터는 끊임없이 교육적인 설명을 덧붙였다. 다들 별 관심은 없어 보였지만 말이다.

라오디케아는 교통과 무역의 중심지였다. 금융업이 발달했고, 면직, 모직 사업으로 부를 축적했다. 헤로필로스의 의료법에 따른 의과대학이 존재했고 유명한 제약회사도 여러 개 있었다. 그중에서도 특히 안약 제조기술이 탁월해 눈병 퇴치에 일조했다고 한다. 부족함을 알지 못하는 사람들이 살았던 도시에 대한 설명이 끝을 맺었다.

그때, 한 여학생이 손을 들어 질문했다.

〔cute〕 그렇게 부자였는데 멸망은, 왜?

'지진 때문이잖아, 바보야', '수업 시간에 뭐 했니?', '네 시험 점수도 보나 마나 멸망'이라며 아이들이 〔cute〕를 비웃으며 깔깔댔다.

〔cute〕 모르는 건 너희들이겠지. 그들은 풍요로웠고 몇 번의 지진을 자력으로 복구했어. 끄떡없었다고.

'천재 납셨네', '잘난 척하려거든 시궁창에 얼굴을 박지 그래?' 따위의 반응이 뒤따랐다. 큐레이터는 여러 차례 걸쳐 조용히 하라며 아이들을 다그쳤다.

〔cute〕 흥! 흉내나 내는 거짓 체험은 시시해. 실제로 안약은 이런 약초 따위로 만들지 않았어. 프리기안 가루를 사용했다고.

그때 누군가 기다렸다는 듯 가뿐하게 테이블 위로 뛰어올랐다. 그는 앞면에 붉은 글씨로 크게 Z라고 쓴 티셔츠를 입고 있었다.

〔zzz〕 라오디케아여, 병들지 않은 눈을 가졌음에도 한 치 앞을 내다보지 못하는구나! 풍요에 눈먼 도시여!

큐레이터와 인솔교사들이 테이블로 달려들어 〔zzz〕를 끌어내렸다.

〔zzz〕 Z를 숭배하라. 그가 우리를 이 안에서 구원할 것이니.

한때 나는 홍이 우리 형제를 구원했다고 믿었다. 의심을 배우기 이전의, 모든 것에 쉽사리 믿음을 바쳐버리는 나이였다.

홍은 점차 정해진 날이 아니어도 우리 집을 찾아오는 횟수가 늘었다. 소풍 날 아침 일찍 도시락을 가져다주기도 했다. 물론 시판되는 김밥을 보기 좋게 담아온 것이었지만 말이다. 후견인으로 나선 일가친척도 처음 몇 달만 우리를 실컷 동정하고 말았다. 그런데 홍은, 홍만은 달랐다. 매일 밤 잠들기 전 기도문처럼 홍이 곁에 있어 얼마나 다행인지 모른다고 형에게 말하곤 했다.

그날은 새벽녘이었다. 홍이 술에 취한 채 불쑥 집으로 찾아들었다. 거실로 올라서지도 못하고 현관 바닥에 엎드려 울었다. 형은 아연실색했다. 경찰을 부르겠다고 으름장을 놓기도 했다. 다른 누구도 아닌 홍에게 말이다. 형이 악당처럼 보였다.

나는 졸린 눈을 비비고 티슈 통을 찾아 홍의 옆에 놓았다. 형은 계속 나를 방으로 밀쳤고, 가서 자라고만 했다. 하지만 나도 홍에게 뭐라도 해주고 싶다는 생각에 그 자리를 꿋꿋하게 지켰다.

"보고 싶어. 한 번만 만나게 해주면 안 돼?"

눈물범벅이 된 얼굴을 겨우 들고 홍이 말했다. 애처로운 몸짓으로 형의 바짓가랑이를 붙잡았다. 형이 불에 덴 듯 소리를 질렀다. 나는 무슨 영문인가 싶어 두 사람을 번갈아 바라만 봤다. 눈에 핏발이 설 정도로 당황한 형은 손까지 떨었다. 이어 홍을 걷어차다시피 떼어냈다.

홍은 고글, 고글, 하더니 바닥에 토하기 시작했다. 신발장에 먹은 것을 전부 쏟아내더니 그대로 곯아떨어졌다. 하나밖에 없던 내 운동화에 라면 가닥과 형체 모를 것들이 담겼다. 형은 대충 수건으로 홍을 닦고 거실로 옮겨 눕혔다. 나는 형에게 물었다.

— 아까 자꾸 고글이라고 했어. 맞지? 누굴 보고 싶다는 건가?

"너는 알 필요 없어."

나와 형은 방으로 들어가 다시 잠을 청했다. 하지만 나는 잠이 오질 않았다. 조용히 베개를 들고 나가 홍의 옆에 가서 누웠다. 홍의 접힌 팔을 들어 올리고 그 품으로 파고들었다. 고글을 쓰지 않았지만 진짜 엄마 품 같았다.

아침에 일어나 보니 홍도, 형도 없었다. 나는 여름 샌들을 꺼내 신고 학교에 갔다. 밖은 눈이 와 있었다. 걸으면 걸을수록 양말이 축축해졌다. 형이 내게 무언가 숨기는 것 같았다. 도무지 알 수 없어 답답했고, 발끝은 아렸다.

안약 공장에서 나온 뒤, 나는 갈 곳을 잃었다. 이 집에 더는 내가 먹을 수 있는 것이 남지 않았다는 사실도 깨달았다. 절망할 힘조차 없었다. 내 아바타를 거리에 방치하고, 집 안을 뒤지고 다녔다.

욕실 선반에서 병에 담겨 찰랑거리는 것을 발견했다. 구강청결제였다. 키토올리고당, 아연, 자일리톨로 이뤄진 99.9% 천연 항균 성분이라고 적혀 있었다. 입안에 들어가고 헹구기도 하고 결국에는 조금씩 삼키고 마는데, 더욱이 천연 성분이라니 마셔도 되지 않을까 싶었다. 하지만 차마 그것을 마시지는 못했다. 식탁에 올려놓고 그 대신 샴2의 첫 장을 찢어 입안으로 넣었다. 김철수 씨의 친필 사인이 입안에서 짓이겨지고 있었다.

바로 그때였다. 화면에 메시지가 도착했다는 알림이 울렸다.

〔rich님에게 '판타스틱 초대장'이 도착했습니다.〕

끝이 보이지 않을 정도로 긴 줄이 '판타스틱' 입구에서부터 시작되고 있었다. 도착 전부터 택시기사를 통해 상황을 전해 들었으나 생각했던 것보다 훨씬 더 길었다.

택시에 올라타 목적지를 말하자 그는 우려했다. 판타스틱이야말로 본 샹스에서 가장 본 샹스다운 곳이지만 그만큼 들어가는 것이 쉽지 않을 것이라고. 한때 자신도 판타스틱을 좇아 몇 개국을 돌아다녔던 적이 있어 누구보다 잘 아노라고 덧붙였다.

판타스틱은 본 샹스 내 유일한 도박장이었다. 그 이름만큼 판타스틱하게도 전 세계를 옮겨 다니며 문을 열었다. 올림픽이나 월드컵처럼 정해진 장소에서 정해진 동안 말이다. 대략 일주일이 행사 기간이었다. 나는 그제야 비행기가 만석이었던 이유를 알아차렸다. 판타스틱의 이번 대상지는 라오디케아였다.

택시기사는 시간 낭비가 될 수 있다고 경고했다. 이미 대기하는 이들로 넘쳐나서 결국 입구에서 판타스틱이 연기처럼 사라져버리는 것이나 보게 될 것이라고.

나는 말했다.

〔rich〕 난 초대장을 가졌어.

그는 믿지 못하는 눈치였다. 택시가 판타스틱 인근에 도착하자 그는 내게 행운을 빈다고 말해줬다. 벌써 행운이라도 거머쥔 듯 들떴다. 내게 이런 초대장을 보낼 사람은, 세상에 단 한 사람뿐이었다.

판타스틱에서 삼십 미터 떨어진 맞은편에 공중전화 부스 같은 것이 보였다. 택시기사는 손가락을 뻗어 그곳을 가리켰다. 여전히 내가 초대장을 가졌을 리 없다고 생각하는 듯했다. 그는 창문을 내린 채 나를 관람했다.

부스 안으로 들어가 초대장에 적혀 있는 일련 넘버를 입력했다. 곧 판타스틱 입구가 열렸고 부스까지 레드카펫이 깔렸다. 기나긴 기다림에 지친 아바타들이 레드카펫 위를 동경의 눈으로 훑었다.

나는 한 걸음씩 걸음을 옮겼다. 택시기사는 어느새 차 밖으로 나와 지켜보고 있었다. 누군가가 나를 지켜봐준다는 것은 얼마나 짜릿한 일인가. 천천히, 아주 천천히, 그 기분 위를 거닐었다.

도내 초등학생 육상경기가 열렸다. 선수들은 모두 나처럼 어렸으므로 부모들이 동행하는 건 물론이고 조부모까지 응원하러 오기도 했다. 나만 혼자였다. 물론 코치 선생님이 따라오긴 했으나, 그는 온전히 내 차지가 될 수 없었다. 다른 선수들의 컨디션도 점검해야 하며 학부모들과도 대화해야만 했다.

형이 학교를 결석하고 따라나선다고 했으나 내가 거절했다. 보나마나 순위에도 들지 못할 것이니까. 그런 큰 대회는 처음이었으며 코치는 내게 경험이나 쌓는다 생각하라고 말했다.

트랙 한쪽에서 준비 운동을 하는데 어디선가 익숙한 음성이 내 이름을 불렀다.

"진아! 강진!"

관람석에서 손을 흔드는 홍이 보였다. 어떻게 알고 왔을까, 어떻게 알고 비참한 내 심정을 달래주러 여기까지 와준 것일까. 멍하니 서 있는 나를 향해 홍이 다시 한번 소리쳤다.

"강진! 파이팅!"

함께 출전한 선수 몇이 홍을 힐끔 쳐다봤다. 홍은 다른 엄마들보다 젊고 예뻤다. 코치가 내게 물었다.

"누구?"

나는 망설였으나, 이내 대답했다.

"엄마요."

"엄마?"

코치는 내 불우한 가정사를 대충 알고 있었다. 의아해하는 표정이긴 했으나 그냥 넘겼고, 대신 내 신발 끈을 고쳐 매주며 친절한 척 굴었다. 나는 홍에게서 눈을 떼지 못했다. 나는 용기내 손을 한 번 흔들었다.

그날 죽을힘을 다해 달렸던 것 같다. 내가 달리는 모습을 처음으로 엄마에게 보여주는 순간이었으므로 마땅히 그래야만 했다. 실컷 달리고 정신을 차려보니, 사람들이 환호했다. 그게 나를 향한 것이라는 것을 알아차릴 때 즈음 목에 메달이 걸렸다. 그날 나는 초등부 100미터 신기록을 달성했다.

메달처럼 생긴 핀즈가 기계에서 쏟아졌다. 슬롯머신 화면에는 요술램프에서 출몰한 지니가 허리를 흔들며 춤을 췄다. 판타스틱에 입장한 지 겨우 오 분 만에 잭팟이 터진 것이다. 주변의 아바타들이 일제히 탄성을 지르며 내 근처로 몰려들었다. 핀즈는 경쾌한 소리를 내며 내 지갑으로 옮겨갔다.

175,000 PINZ.

원으로 환산하려면 핀즈에 곱하기 100을 하면 되니까, 대략 17,500,000원이었다. 판타스틱에 입장할 때 수중에 겨우 6,200 PINZ가 남아 있는 상태였다. 곁에 몰려든 아바타들을 뒤로하고 자리를 옮겼다. 차분하게 몇 번의 행운을 더 이어가고 싶었다.

판타스틱 내부는 광활하다는 표현이 딱 맞았다. 다양한 게임기가 헤아릴 수도 없이 설치돼 있었으며 많은 아바타가 존재했고 소란스러웠다. 하지만 무엇보다 화려한 슬롯머신 화면은 끊임없이 내 시각과 청각을 자극했고 나를 빨아들였다.

나는 마른 손바닥을 비볐다. 나눠진 세 칸에 다양한 모양의 심볼이 회전하기 시작했다. 라인을 늘려 아까보다 더 큰 액수의 핀즈를 배팅했다. 오른쪽 레버를 당기려는 순간, 누군가 다가왔다. (ruby)였다. 처음에는 알아보지 못했다. 머리 위의 리본도 손가락의 반지도 사라졌으니까. 하지만 팝업 걸 (ruby)가 맞았다. 꽤 신선한 조우였지만 (ruby)에게 계속 시선을 둘 여유가 없었다.

레버를 당겼다. 심볼이 차례로 멈췄다. 물론 꽝이었다. 또다시 투입구에 핀즈를 넣고 있을 때 (ruby)가 먼저 말을 걸어왔다.

(ruby) 왔네.
(rich) 응?
(ruby) 내가 널 초대했어.

나는 그제야 형을 떠올렸고, 늦었지만 주위를 두리번거렸다.

(rich) 네가 날? 왜?
(ruby) 틀렸어. 먼저 고맙다고 말해야지. 아무나 초대장을 가질 수 없다는 것을 잘 알지? 난 네게 흔치 않은 기회를 줬어.

(rich) 그래, 고마워.

　의도를 알 수 없기에 (ruby)는 존재 자체가 방해처럼 여겨졌고 귀찮았다.

(ruby) 내게 대가를 지불해야지.

　그때였다. 눈앞에서 세 개의 심볼이 또다시 일치했다. 이번에는 지니가 등장하기도 전에 내가 먼저 일어나 춤을 췄다. (ruby)는 방방 뛰며 내 주변을 빙빙 돌았다.

(ruby) 세상에! 내가 너의 행운의 여신이 틀림없어.

　나는 그제서야 (ruby)가 나를 여기로 부른 이유가 궁금해졌다.

(rich) 넌 누구보다 현명했어. 그런데 왜 날 초대한 거야?
(ruby) 단 한 장의 초대장이 있었고, 당장 여기로 와서 날 구해줄 수 있는 건 너뿐이라 생각했어.
(rich) 내가 널 구해?

　(ruby)는 비행기 안에서 벌인 내 행동을 보고, 나를 진짜 부

자라고 믿어버린 듯했다.

(ruby) 순간 네 ID를 저장해둔 게 기억났어. 넌 내가 만난 누구보다 쿨한
사람이야. 난 핀즈를 모두 날렸고, 네 도움이 절실해.

(rich님이 ruby님에게 300,000 PINZ를 보냈습니다.)

연속되는 잿팟과 (ruby)의 말에 우쭐해져 무리한 답례를 해
버렸다. 내가 가진 절반의 핀즈를 뚝 떼어 (ruby)에게 전송했다.
행운이 내게 다시 강림할 것이므로 아깝지는 않았다. (ruby)는
(rich)의 뺨에 키스하고 곧장 사라졌다. 내 뺨에 닿은 것이 입술
이었는지 행운이었는지도 모를 만큼 정신이 몽롱했다. 그 바람
에 형을 잠시 잊을 수 있었다.

그 이후로는 줄이어 허탕을 쳤다. 점차 허기를 느꼈다. 그
럴수록 나는 투입구에 더 많은 금액의 핀즈를 넣고, 또, 처넣
었다. 계속해서 핀즈는 줄었으나 좀처럼 허기는 줄지 않았다.

그날의 기억이 또다시 허기처럼 밀려들었다.

방과 후에는 육상 연습을 했지만, 그날은 달리는 게 지겨웠
다. 홍이 오는 날이기도 해서 더 그랬다. 빨리 집으로 가 깨끗
한 옷으로 갈아입고 엄마를 맞고 싶었다. 코치에게 발목이 아

프다는 핑계를 댔고 절뚝거리며 집으로 향했다.

나보다 먼저 홍이 집에 와 있었다. 전혀 예상치 못한 상태로 거실 소파에 있었다. 벌거벗은 채 내 고글까지 착용하고 말이다.

"아직 날 사랑하는 거지? 어서 대답해줘."

"응."

나는 소파에서 형마저 발견했다. 충격 그 자체였다. 역시 아무것도 입지 않은 채 홍의 아래 누워 있는 형! 그들의 행위가 정확하게 무엇인지는 몰랐으나 부적절한 것임을 알았다. 절대해서는 안 되는.

두 사람은 서로를 마주 보느라 내가 온 것도 전혀 눈치채지 못했다. 열심히 그 짓에만 심취했다.

"승민 씨, 이제 날 떠나지 않을 거지?"

홍은 형을 승민이라는 이름으로 불렀다. 이어 다시 한번 형에게 애원하듯 말했다.

"보고 싶었어. 승민 씨를 못 보면 난 살 수가 없어."

형은 홍을 조금 밀쳐내며 말했다.

"이제 그만요. 이러다 진이가 오면 어떡해요."

"아직 나를 사랑하는 거지?"

"새벽에 찾아오지 않겠다고 약속해요. 진이가 알게 되면 당신은 또다시 승민 씨를 잃는 거예요. 먼저 대답하라고요."

홍은 밀쳐낼수록 더 집요하게 형에게 파고들었다. 형은 홍이 쓴 고글을 벗기려 안간힘을 썼다.

나는 또다시 엄마를 잃는 중이었다. 내 눈앞에서 한 번 더 엄마가 죽고 있었다. 술에 취해 홍이 그랬던 것처럼 나는 무언가에 취해 바닥에 토사물을 쏟아냈다. 들키지 않으려 입을 틀어막았으나 멈출 수 없었다.

나를 발견한 두 사람은 동시에 소리를 질렀다. 그 비명 속에서 질식하듯 이내 정신을 잃고 말았다.

또다시 보고도 믿을 수 없는 일이 벌어졌다. 더는 투입구로 밀어 넣을 핀즈가 남아 있지 않았다. 행운은 너무 쉽사리 증발해버렸다. 어디서나 그랬다. 아니다. 행운이 이토록 쉽사리 증발해버릴 리 없다. 진짜 행운을 찾아야만 했다.

나는 판타스틱 안을 샅샅이 뒤졌다. 아직 그 안에 머물던 (ruby)를 찾았고, 정중하고도 정중하게 요청했다.

(rich) 이번에야말로 진짜 내 행운의 여신이 되어줘.

(ruby)는 아까와 달리 냉담했다. 무시로 일관하며 나를 피해 달아나기까지 했다. 나는 쫓아다니며 내가 처한 상황을 최대한 비굴하지 않게 알리려 노력했다. 아니 비굴해 보여도 어쩔

수 없었다. 행운을 위해서는 핀즈가, 여분의 핀즈가 필요했다.

〔rich〕아까 너와 같은 상황에 처해버렸어. 실수가 있었어. 배팅하는 동안 쓸데없는 생각에 빠졌거든. 난 오늘 두 번의 잭팟을 터트렸어. 네가 도와준다면 그 이상도 얼마든지 가능할 거야.

〔ruby〕꺼져. 거지새끼야.

〔rich〕그래 좋아. 내가 몇 분 전에 너에게 줬던 핀즈의 일부라도 돌려줘.

〔ruby님이 rich님에게 1 PINZ를 보냈습니다.〕

〔rich〕재미없어.

〔ruby〕계속해서 게임을 방해하면 신고할 거야.

내 아바타의 얼굴색이 돌연 파란빛으로 변했다. 요 며칠간 아바타에게 먹을 기회를 한 번도 주지 않았다는 것을 깨달았다.

〔rich〕장난 그만 쳐. 나 지금 응급상황이야. 안 보여?

〔ruby〕가 나를 밀치고 또다시 다른 데로 이동하려 했다. 나는 그 앞을 가로막았다.

〔rich〕 넌 팝업 걸이니까 광고라도 뿌려. 그거라도 뿌리라고.

〔ruby〕 퍼플슈트라도 입어야 정신을 차리겠어?

나는 〔ruby〕의 요청으로 판타스틱에서 강제퇴장 당했다. 초대한 것도 〔ruby〕였고, 나를 밖으로 몰아낸 것도 〔ruby〕였다.

자비를 구하기 위해 두 손을 모아 하늘을 향해 펼쳤다. 한 푼의 핀즈라도 얻기 위해 판타스틱 앞을 서성였다. 하지만 줄지어 선 이들 중 나를 거들떠보는 이는 없었다. 하나같이 판타스틱 출입문만을 바라보고 서 있을 뿐이었다.

너무 많은 것을 잃었다. 가진 줄도 미처 몰랐던 것들마저. 이제 남은 것이라고는 얼마 지나지 않아 내 아바타가 아사할 것이라는 사실뿐이었다. 형은 여전히 메시지를 읽지 않았다.

저만치 잔디밭에서 마술쇼가 벌어지고 있었다. 마술 모자를 쓰고 기다란 지팡이를 든 마술사는 관객도 없는데 천연덕스럽게 속임수를 썼다. 코트 주머니에서 꺼낸 흰 손수건은 비둘기가 돼 하늘로 날아올랐다. 나는 환영 같은 그것을 기꺼이 바라보며 서 있었다.

지팡이의 끝이 나를 향했다. 조금 당황했으나 그가 내 아바타의 입안에 비둘기라도 만들어 넣어주길 바랐다. 입을 아, 하고 벌렸다.

〔rich님의 선물함에 선물이 도착했습니다〕

선물함에는 크래커 세 개와 음료 한 캔이 들어 있었다. 그제
야 나는 그 마술사가 〔mosaic〕라는 사실을 알았다. 내 옆에 앉
아 비행 내내 주접을 떨던 그 인간. 나는 기내에서 거들떠보지
도 않았던 공짜 크래커를 연이어 두 개나 먹어치웠다.

〔mosaic〕 당신 괜찮아?

〔rich〕 보시다시피 당신 덕분에.

〔mosaic〕 아니, 아바타 말고. 당신 말이야.

〔rich〕 꼭 우리 형처럼 말하네. 먹을 것을 살 수 없어 방금 구강청결제를
마셨어. 샤인 머스켓 맛이야.

〔mosaic〕 농담이 지나치군.

〔rich〕 현실은 지독한 농담 맛이야.

〔mosaic〕 chaos는 찾았어?

〔rich〕 네가 내 형을 어떻게 알지? 형은 지금 어디에 있어?

〔mosaic〕는 무심한 표정으로 내 가슴팍의 전광판을 가리켰
다. 'chaos를 찾는 중'. 나는 웃음이 새어 나왔다.

〔rich〕 내가 여기서 뭘 하고 있는 걸까.

〔mosaic〕본 샹스! 행운을 빌어.

샴2를 몇 장 찢어 입안에 구겨 넣고 구강청결제 한 모금을 더 마셨다. 어느새 멀어져가는 〔mosaic〕의 뒷모습을 바라보며 본 샹스, 하고 짧게 되뇌었다. 이곳에서 더는 형을 찾는 행운을 기대하기 힘들다는 것을 깨달았다. 어쩌면 이미 오래전부터 나는 그 사실을 알고 있었는지도 모른다. 애써 외면하는 동안 정작 주어진 몇 번의 기회를 놓쳐버린 것은 아닐까.

침대 밑에서 형이 사준 런닝화를 꺼내 신었다. 쓰레기더미를 밀쳐내고 현관문을 열었다.

밖으로 나서자 낯선 기운이 슬픔처럼 부서지고 흩어졌다. 무작정 달리기 시작했다. 나뭇가지 사이로 짓이겨진 햇살이 비쳤고 지난 시간이 선명하게 아려왔다.

결국 모든 것을 잃고 나서야 그 비워진 곳에 형을 채우기 시작했다. 내 전부를 앗았다고 원망했으나 실은 내게 전부를 준 사람. 형을 찾아야만 했다.

버림받은 이십 대 중반 여자의 전 애인 노릇을 해주며, 그렇게라도 형은 얻어야만 했다. 주기 위해서. 가져야만 줄 수 있으니까. 그것들이 모두 누구를 위한 것이었는지 누구보다 잘 알았다. 알게 되면 알게 될수록 형을 미워하는 것으로 죄책감을 대신했다. 나는 형을 마주할 자신이 없었다. 한껏 비겁하게도 그저 끊임없이 도망만 쳤다.

턱까지 걱정이 차올랐다. 이렇게 계속 달리다 보면 나는 어느 해변에 당도하게 될까. 너무 늦어버린 것은 아닌지 다급해졌다. 그곳에서 그림을 그리고 있는, 바다를 그려내는 형을 만날 수 있을까.

본 샹스!

더는 누구도 내게 행운을 빌어주지 않았다. 하지만 형이라면 사라져버린 우리 사이의 그 시간마저도 복원해낼 수 있을지 모른다.

현실의 결핍을 채워주던
메타버스 세계의 배신

막 도래하기 시작한 메타버스라는 기술이 인간에게 축복일지 재난일지 지금으로서는 알 수 없다. 그러나 메타버스가 일상에 깊숙이 침투한 뒤 언젠가 다시 현실로부터 단절된다면, 그것은 분명히 재난일 것이다. 수많은 문학 작품이 최전선에서 전자의 가능성을 가늠할 때, 「행운을 빌어요」는 후자의 명백함을 그려낸다. 메타버스는 결핍을 채워주지도, 그것을 마주할 용기를 주지도 않는다. 다만 아주 오래 외면하도록 도울 뿐이다.

현실의 결핍을 외면하는 편리함은 공짜로 주어지지 않는다고 작가는 이야기한다. 이 작품은 메타버스 세계의 디테일을 특히 짜임새 있게 구성해두었다. 그렇기에 그 메타버스가 '있다 없어질' 때의 간극이 더욱 크게 다가온다.

더 이상 메타버스의 화폐로 배고픔을 채울 수 없을 때, 비로소 우리는 각자의 결핍을 직면해야만 할 것이다. 다만 그 전망이 어두운 것만은 아니다. '행운'과 '기회'를 혼동하지 않으려는 주인공의 결단으로부터 작가의 따뜻한 낙관을 볼 수 있다.

결핍을 마주한
당신에게 보내는 초대장

인간은 끊임없이 무언가를 바라고 갖고자 원합니다. 스스로가 결핍된 존재인 것을 부인하기 위해 채워내지만, 결국에는 자신의 결핍을 마주하고 맙니다. 이 이야기를 하기에 '메타버스'라는 소재는 무척이나 매력적이었습니다.

'메타버스'를 가상의 공간이라 칭하지만 결국 현실의 공간과 경계를 잃게 될 날이 머지않았다고 생각합니다. 소설을 쓰는 동안 저역시 그 낯선 세상에 발을 들이고, 그 안에서 인물들과 즐겁거나 혹은 위험한 상상을 계속했습니다. 이 작품은 '본 샹스(소설 속 메타버스 공간)'에서 제가 여러분께 보내는 초대장입니다.

메타버스
장르문학상
수상작품집

인투 더 디퍼 월드

Into the Deeper World

● 홍선주

심사평

영상화가 기대되는 강력한 몰입감의 SF 미스터리

작가의 말

메타버스, 우리의 미래 혹은 어느 평행세계의 이야기

홍선주

2020년 「G선상의 아리아」로 계간 미스터리 신인상을 수상했다. 장편으로 『나는 연쇄살인자와 결혼했다』를 펴냈고, 단편으로는 「푸른 수염의 방」, 「자라지 않는 아이」, 「능소화가 피는 집」, 「비릿하고 찬란한」 등이 있다.

"무서워 죽겠어, 민우야."

맞은편 소파에 앉은 재영이 어두운 표정으로 나를 보며 말했다. 그가 떨리는 손으로 탁자 위에 놓은 메모에는 다음과 같은 글이 인쇄되어 있었다.

48시간 안에 요구사항을 수용해라.
그렇지 않으면 너를 기다리는 건 죽음뿐이다.

이전까지는 '응징', '대가', '위험' 같은 추상적인 위협의 단어들이었던 반면, 이번엔 처음으로 '죽음'이란 극단적인 단어가 등장했다. 48시간으로 한정한 시간도 기존보다 구체화된 협박이었다. 그간의 경고가 장난이 아니었다는 것과 이젠 막바지라는 발신자의 의지가 보이는 이른바 최후의 통첩.

재영은 '죽음'을 손가락으로 가리키며 불안한 눈초리로 내 눈을 응시했다. 나에게 즉각적인 대책을 요구하고 있었다.

이런 메시지가 처음 발견된 것은 약 3주 전이다. 그 후 꾸준히 비슷한 문구의 협박 메시지가 재영에게 도착했다. 모두 발신자를 알 수 없고 메시지의 형태도 다양했다. 이번처럼 그냥 어딘가에 놓인 쪽지부터 아날로그 편지, 이메일, 휴대폰 문자, 홀로그램 카드 그리고 재영을 추종하는 팬의 선물로 가장한 택배까지.

반면 메시지의 요구는 언제나 동일했다. 재영을 코인 재벌로 만든 암호화폐 '캣시(Catsy)'의 부정 거래를 인정하고 부당하게 취한 이익을 사회에 모두 환원하라는 것이었다.

2017년과 2020년, 두 차례에 걸쳐 발생한 비트코인의 가격 폭등은 대한민국뿐만 아니라 전 세계 많은 이들을 그 열기에 휩싸이게 했다. 어느 기업가의 말 한마디에 비트코인을 비꼬며 발행된 도지코인까지 그 광풍을 이끌었다.

2024년, 집에서 홀로 가상현실 게임을 개발하고 있던 재영은 그러한 행태를 비웃으며 '고양이를 사랑하는 개발자들을 위한 코인'이란 부제를 붙여 장난처럼 캣시코인을 발행했다. 그런데 그게 고양이 애호가들에게 수집품처럼 다뤄지는 기현상이 일어났다. 비정상적으로 발동한 인기에 도지코인과는 비교도 안 될 만큼 엄청나게 가격이 폭등했고, 재영은 단숨에 세계에서 열 손가락 안에 꼽히는 코인 재벌이 되었다.

재영의 운은 거기서 끝이 아니었다. 캣시코인의 수익은 그가 기존에 제작 중이던 단순 고양이 육성 게임을 가상현실 기반의 소셜 네트워크 서비스인 캣시월드(Catsy World)로 확장할 수 있는 디딤돌이 되었다. 풍부한 개발비용으로 인력과 장비를 최고 수준으로 투입할 수 있었던 데다, 캣시월드 유일의 유통 화폐가 캣시코인이었던 덕에 두 가지 모두 동시에 크게 성장했다.

그러나 시간이 지나면서 대기업에서 투자한 다른 가상현실 서비스들이 뛰어난 그래픽과 다양한 서비스의 연동을 내세워 하나둘 치고 올라왔다. 사용자들이 새로운 서비스들로 이탈하기 시작했다. 그렇게 캣시월드는 쇠락의 길을 걷나 싶었다. 하지만 그때 재영을 도울 천운이 또 한 번 손을 내밀었다.

2030년, 한국계 미국인인 천재 과학자 그레이스 한이 '리처드 K. 모건'의 소설『얼터드 카본』에서 개념화한 'DHF(Digitally Human Freight)', 일명 '저장소*'를 실제로 구현하는 데 성공했다. 그레이스 또한 캣시코인의 초기 투자자로, 해당 연구를 완성하는 데에 캣시코인의 수익이 큰 도움이 되었다. 캣시월드

---

* 인간의 기억과 자아를 내포하는 정신(영혼과는 조금 다른 개념)을 디지털로 변환하여 저장하는 칩이다.

론칭 초기부터 서비스를 주목하고 있던 그레이스는 자신의 발명품이 완성단계에 이르자 재영에게 직접 연락을 해왔다. 저장소와 캣시월드의 독점 연동을 제안한 것이다.

저장소와 가상현실을 직접 연동한다는 것은 말 그대로 가상현실 안에 인간이 직접 들어가는 것이나 다름없는 개념으로, VR 도구를 사용하는 기존의 간접 방식과는 차원이 달랐다. 가상현실에서 가장 중요하다고 볼 수 있는 사용자의 프레젠스*를 극대화하는 최상의 방법이었다.

그레이스의 제안 소식이 언론을 타고 대중에게까지 퍼지자, 차기 가상현실 서비스는 캣시월드만이 유일할 거라는 전문가들의 의견이 줄을 이었다. 현상이 먼저인지 그들의 말이 먼저인지 알 수 없게, 사용자들의 캣시월드 복귀는 서버가 감당하기 힘들 정도로 빨랐다. 범세계적인 신규 사용자의 유입도 뒤따랐다.

그 후 세상은 캣시월드라는 메타버스(Meta-verse)와 실존의 현실, 두 축으로 모든 게 돌아가게 되었다.

2040년 현재. 얼마 전 45번째 생일을 지났지만 여전히 소년과 같은 상상력과 순진함을 가진 나의 유일한 상사이자 친구인 재영은, '캣시월드 컴퍼니'의 대표로서 14년을 보내고 있었다. 그리고 바로 엊그제, 세계 부호 1위의 자리에도 올랐다.

---

* '존재함'을 의미하는 어원대로 '실재감'을 나타내는 용어. 가상현실에서의 상황과 환경을 얼마나 실재처럼 느끼느냐는 지각. 메타버스에서 중요한 5대 요소 중 하나이다.

최고의 부와 권력을 가졌다고 볼 수 있을 그가, 고작 협박 메시지 하나에 벌벌 떨며 나를 보고 있었다. 재영을 안심시키기 위해 부드럽게 말을 시작했다.

"재영아, 자신의 정체를 밝히지도 못하는 지질한 놈들의 메시지야. 신경 쓰지 않아도 돼."

"아냐, 그렇게 쉽게 넘길 문제가 아니야. 내 생각엔, 그래, 그 남자인 것 같아! 7년 전 그 심리학자! 그래, 그 사람이야!"

재영은 두려운 낯빛으로 목소리를 떨며 말했다.

그의 말에 나도 모르게 얼굴을 찌푸렸다. 재영이 언급한 심리학자와 얽힌 사건으로 골치가 꽤나 아팠던 기억이 떠올랐기 때문이었다.

7년 전, 심리학을 연구하던 부부가 캣시월드 컴퍼니의 지원 아래, 메타버스 내에서의 쇼핑 만족도에 관한 실험을 진행했다.

그런데 부인이 캣시월드에 접속하던 순간, 전력공급의 오류로 전류가 역행하는 사고가 발생했다. 그로 인해 저장소가 손상되면서 본체는 식물인간이나 다름없는 상태가 되어버렸고, 부인의 정신은 캣시월드 내에 갇혀버렸다.

남편은 사고에 대한 책임을 우리에게 물으며, 부인의 정신을 본체에 복귀시킬 수 있는 연구와 지원을 요구했다.

내가 그 건에 관해 보고했을 때, 재영은 큰 충격에 휩싸여 제

정신이 아니었다.

"서, 설계할 때 우려가 조금 되던 부분이긴 했는데, 그땐 다른 작업이 우선이어서 나중에 수정해야지 생각했어……. 그런데 결국 이런 일이 생겨버리다니……. 나 때문에 그 사람이 죽은 거나 마찬가지잖아! 어떡하지? 어떡해, 민우야?"

재영은 흔들리는 눈동자를 주체하지 못한 채 입술까지 바르르 떨고 있었다.

나는 아무런 말도 하지 않았다. 누구의 잘못이라고 특정할 수 없는 사고라고 생각했으니까. 설혹 재영이 놓쳤던 그 작업을 해두었다 하더라도 전력 오류로 발생한 문제였기에 그 결과를 누구도 단언할 수 없었다.

그러나 재영은 나와는 다른 생각인 것 같았다. 입술을 깨물며 한참이나 생각에 골몰해 있다가 마침내 결심한 듯 고개를 들며 말했다.

"내가 한번 연구해볼게. 빨리는 안 되겠지만, 어쩌면 연결을 복구하는 게 가능할 것도 같아……. 그래, 그레이스 박사님이 도와주시면 시간을 좀 더 당길 수 있을 거야!"

재영이 주먹을 불끈 쥐며 책상으로 뛰어가더니 곧바로 화상 통화를 준비했다. 그레이스 박사에게 당장 그 일을 요청할 태세였다.

하지만 당시 캣시월드는 12차 대규모 업데이트를 앞두고 있었다. 그전까지의 업데이트가 단순 기능 개선의 목적이었다면, 이번 것은 메타버스 내에서의 수익성을 극대화하는 커머스 산업과 관련된 작업이었다. 업데이트 후 캣시월드 컴퍼니의 예상 수익 시뮬레이션 결과는 분기당 1000억 달러에 달했다. 회사의 매출 규모를 획기적으로 성장시킬 수 있는 엄청난 기회였다. 그걸 하찮은 사고 수습에 날릴 수는 없었다.

재영은 사고의 결과가 마치 살인이라도 되는 듯 받아들이고 있었지만, 사실 여자의 정신은 메타버스 안에서 그대로 유지되는 셈이었다. 과거에 인류가 이야기하던 죽음과는 전혀 다른 것이었다.

회사의 성장은 계속되어야 했다. 지금 주춤거려선 안 됐다.

나는 다급히 책상으로 달려가 프로세스 종료 버튼을 눌렀다. 통화를 요청하는 신호음이 막 끊기면서 그레이스 박사가 화면에 등장하기 직전이었다.

재영이 놀란 얼굴로 돌아봤다. 나는 최대한 진심을 담은 목소리로 얘기했다.

"재영아, 도의적으로 도와주고 싶은 네 마음, 나도 충분히 이해하고 지지하지만 사업은 그런 식으로 판단하면 안 돼. 안타까운 사고지만, 사실 이번 일에 우리 회사의 법적인 책임은 없어. 이런 일에 좋지 못한 선례를 남기게 되면 나중에 감당해야 할 일이 얼마나 커질지, 난 가늠도 안 돼. ……게다가 넌 지금 중요한 업데이트 작업도 앞두고 있잖아? 너에겐 새로운 기능을 기다리는 전 세계 캣시월드 사용자들의 기대에 부응할 책임도 있어. 이번 일은 내가 알아서 처리할게, 걱정하지 마."

심리학자 부부는 실험에 참여할 때 이미 위험을 감수하겠다는 동의서에 사인했다. 사고의 경위로 판단해보더라도 캣시월드 프로그래밍의 문제가 아니었다. 우연히 발생한 전력공급이 원인이었으니 천재지변이나 다름없는 일이었다.

그 부인이 운이 없었던 것이고, 캣시월드 컴퍼니는 법적 책임에서 1만 광년쯤 벗어나 있었다.

그래서 그 사건은 깔끔하게 끝났다. 문제의 여지는 남기지 않았다.

미소를 띠며 고개를 저은 후 자신 있게 말했다.

"그럴 리 없어, 재영아. 그 일은 그때 잘 마무리되었어. 그 사람은 아니야, 내가 확신해."

하지만 재영은 여전히 어찌할 바를 몰라 하며 고개를 흔들었다.

나는 과장된 몸짓으로 주위를 가리키며 말을 이었다.

"여기를 좀 봐, 네가 생활하는 이곳은 완전한 보안을 갖추고 있잖아. 그러니까 걱정하지 마. 이런 헛소리는 하찮은 놈들이 장난으로 보낸……."

재영이 자리에서 벌떡 일어나는 바람에 말을 끝까지 마치지 못했다. 그는 답답하다는 듯 제자리에서 발을 동동 구르며 빠른 속도로 말했다.

"그건 네 생각일 뿐이야. 보안이 정말로 완전하다면, 애초에 이런 게 어떻게 내 사무실 책상 위에 놓여 있을 수 있겠어? 안 그래? 어?"

그의 얼굴에 겁을 넘어선 짜증이 스멀스멀 올라오고 있었다.

재영이 여기서 이성을 잃는 건 곤란했다. 일단 그를 안정시켜야겠다고 생각하고 자리에 다시 앉히기 위해 손을 뻗어 그의 손목을 잡았다.

"재영아, 진정하고 앉아봐. 내가 경호실장 불러서 보안 카메라부터 확인을……."

"내가, 내가 지금 그것도 확인 안 하고 널 불렀겠어? 쪽지가 놓였던 시간 전후의 데이터가 이미 삭제돼 있었다고! 근데도 넌……!"

당황한 말투로 내 말을 다시 자르고 설명하던 재영이 갑작스레 말을 중단했다. 내 손을 거칠게 쳐내며 격앙된 목소리로 소리를 질렀다.

"아이, 씨! 김민우, 이 새끼야! 내가, 내가 왜 이걸 너한테 하나하나 설명해야 돼? 그 정도 돈을 처받으면 그걸로 똥도 닦는다고! 그걸 다 누구 덕에 벌고 있는데, 어?! 내가 이 정도 말했으면, 당장 튀어 나가서 뭐라도 하는 시늉이라도 해야지 않아? 젠장! 씨⋯⋯!"

나는 이 건을 어떻게 처리할지 미리 계획을 세워 두었지만 지금의 재영에게 이성적 판단을 기대하기는 어려워 보였다. 재영은 그 뒤로도 한참 동안 내게 욕을 뱉어냈다. 그러고도 분이 풀리지 않는지 나중엔 눈에 보이는 물건들을 닥치는 대로 내던지며 괴성을 질렀다.

방안의 경호원들이 난감한 표정으로 나를 바라봤다. 그들의 임무는 외부의 위험이나 공격으로부터 재영을 지키는 것이었으니, 보호 대상이 이런 식으로 난동을 부리는 걸 막을 책임이나 의무는 없었다.

나는 입을 다문 채 조용히 고개를 가로저었다. 재영이 폭발할 땐 일단 그대로 두는 게 상책이라는 것을 오랜 경험으로 알고 있었다.

성공한 삶으로 보이는 10여 년의 시간 동안, 재영은 망가져 가고 있었다. 사회성이 약했던 그에게 엄청난 부와 권력은 오히려 독이었다. 그 독을 놓지 못해 자멸하고 있었다. 재영 자신도 그런 상황을 잘 알고 있었다. 내가 공수해주는 술과 약에 의지해 속내를 털어놓기도 했으니까. 하지만 그러면서도 끝내 그것들을 내려놓진 못했다. 인간이란 족속은 자신이 한번 손에 쥔 부와 권력을 쉽사리 포기하지 못한다는 걸, 재영은 온몸으로 보여주고 있었다.

그가 마침내 발광을 멈추고 숨을 고르기 시작하자, 나는 조용히 쪽지를 챙겨 자리에서 일어났다.

"알겠습니다, 대표님. 제가 직접 확인 후 방안을 찾아서 보고드리겠습니다. 24시간 내, 다시 찾아뵙죠."

씩씩 소리까지 내며 숨을 고르던 재영이 움찔했다. 곁눈질로 슬쩍 나를 훔쳐봤다. 자존심 때문인지 직접 시선을 주진 않았다. 내 입가에 제어할 수 없는 쓸쓸한 미소가 떠올랐다. 그대로 몸을 돌려 펜트하우스 입구로 향했다.

캣시월드 컴퍼니의 본사는 총 49층 높이로, 가장 높은 곳에 재영의 펜트하우스가, 그리고 그 아래층으로 차곡차곡 서열에 따라 조직 구성원들이 공간을 차지하고 있었다. 외부에서 보는 캣시월드 컴퍼니의 건물은 전체가 유리로 만든 것처럼 투명하게 내부가 들여다보였지만 그건 사실 유리가 아니었다. 얼마 전 개발된 새로운 외장재로, 스위치나 음성 조종으로 투명과 불투명의 전환이 가능한 특수 물질이었다. 이 신(新)물질로 만든 벽이 투명해진 상황에서 그 너머를 경계 없이 볼 수 있는 것처럼, 재영은 가상현실과 현실의 구분이 없어지는 메타버스를 캣시월드의 최종 지향점으로 삼았다.

펜트하우스를 나와 곧장 계단으로 향했다. 최고운영책임자인 내 사무실은 바로 아래, 48층에 있었다.

사무실에 들어서자, 강렬한 태양빛에 데워진 공기가 내 몸을 포근하게 감쌌다.

나는 나만의 공간인 이곳의 모든 게 맘에 들었다. 그중에서도 가장 좋아하는 장소는 업무를 보는 책상의 뒤쪽, 전면이 확 트인 통창이었다. 그곳에서 아래를 내려다보면 지구상의 모든 인류를 발아래 두었다는 생각에 가슴까지 벅찼다. 오늘처럼 재영이 푸닥거리를 한 날에도 그곳에 서서 아래를 내려다보기만 하면 내 자존감은 이내 제 위치를 찾을 수 있었다.

한 달 전에도 오늘처럼 창가에 서서 한참 동안 생각에 잠긴 적이 있었다.

전 세계에 미치는 캣시월드의 영향력이 점점 더 커지면서 서비스 자체가 인류의 역사가 되어가고 있었다. 그 거대한 세계를 책임져야 하는 부담감은 갈수록 재영을 무겁게 짓눌러 유약한 광인으로 만들었다. 이대로 가다간 나 또한 그의 상태를 더 이상 버텨내지 못할 것 같아 마침내 마음의 결정을 내리게 됐다.

그래서 협박 메시지의 시작과 함께 48층을 떠날 준비를 한 것이다. 나의 보스이자 친구를 위해 하게 될 마지막 일. 협박 메시지로부터 그를 구하는 아이디어도 이미 생각해두었다. 현재 상태의 재영이라면 내가 제안하는 아이디어를 두 팔 벌려 환영할 거라고 확신하면서.

나는 만족스러운 미소를 지으며 몸을 돌려 책상을 바라봤다. 책상 위 평면 홀로그램 모니터에 비서인 선하가 보낸 파일이 도착했다는 알림 표시가 반짝이고 있었다.

요청한 시간에 정확하게 도착한 자료. 역시 선하다웠다.

선하가 내 비서가 된 지는 이제 만 3년이었다. 타인을 잘 믿지 않는 내 성격으로 인해 기존의 비서들은 모두 1년이 지나면 교체했다. 가장 오래 있었던 비서가 1년 5개월 정도였다. 아무리 그들과 거리를 두려고 신경을 써도 함께 지내는 시간이 길어지면 나에 대한 정보가 읽히기 마련이다. 내가 재영에 대해 알고 싶지 않은 부분까지 알게 되는 게 싫었던 만큼, 나 자신도 그런 대상이 되는 게 싫었다. 그래서 비서들의 교체 주기를 1년으로 정했던 거다.

선하는 원래 비서직으로 들어온 직원이 아니었다. 처음 그녀는 캣시월드 컴퍼니의 맨 아래층, 손님을 맞이하는 안내 데스크에서 회사의 얼굴 노릇을 하고 있었다. 굳이 포장하자면 그런 표현이 가능하겠지만, 사실상 이 건물 내에서는 청소부와 더불어 가장 하찮은 일을 하는 노동자일 뿐이었다. 일반적인 상황이었다면 내가 존재조차 알아채지 못했을 일개 직원.

그런데 어느 날, 우연히 1층의 직원 휴게실을 지나다 선하가 커피와 티백, 간식거리 등의 비품을 가방에 챙겨 넣는 모습을 보게 됐다. 비용으로는 얼마 되지도 않는 것이고 어차피 모두에게 제한 없이 제공하는 것이니 그냥 넘어가도 될 일이었다. 하지만 그날따라 이상하게도, 잘못을 지적하면 이 젊은 여성이 어떤 식으로 반응할까 하는 얄궂은 호기심이 생겼다. 그래서 그녀를 48층으로 불러올렸다.

"부르셨어요?"

내가 용건을 따로 말하지 않아서였을까, 대부분의 직원이 나를 처음 대면할 때 당연히 보이는 두려운 기색이 하나도 없었다. 그때 이미 그녀가 다른 직원들과는 다르다는 것을 직감적으로 느꼈던 것 같다.

"양선하 씨. 여기 왜 불려왔는지 압니까?"

내 존재가 위압적으로 보이도록 일부러 의자에 등을 기댄채 한쪽 입꼬리를 올리며 물었다. 선하가 당황스러워할 거란기대를 한 채.

"네, 알아요."

"……안다고요?"

선하의 당당한 대답에 당황한 쪽은 오히려 나였다. 동요하는 눈빛도, 놀란 기색도 없이, 그녀는 맹랑하게 말을 이었다.

"제가 비품 훔치는 거 보셨죠? 보고 계신 거, 사실 알고 있었거든요."

예상치 못한 답변에 차마 다음 말을 하지 못한 채 멍하니 보기만 했다.

선하는 잠시 목을 가다듬더니 당찬 목소리로 말했다.

"일부러 그랬어요, 거기서 벗어나고 싶어서."

"……더 자세히 설명해볼래요? 내가 아직 상황 파악이 안 돼서."

선하는 이어진 설명에서 자신이 '거기서 썩을 인재가 아니'라고 했다. 자신이 할 수 있는 업무영역을 줄줄이 읊었다. 회사에 기여할 수 있는 방향에 대해서도 미리 준비한 듯 꼼꼼하게 설명했다. 그리고 그 모든 말의 끝은 내 비서 자리에 오고 싶다는 요청이었다.

"선하 씨 본인 말대로 꽤 괜찮은 인재인 것 같긴 하네요. 그런데 어쩌나? 난 지금 내 일을 도와주고 있는 비서로 만족하는데?"

"부대표님은 더 큰 걸 원하고 계시지 않나요? 전 캣시월드가 탄생하던 그 기자회견을 지금도 기억하고 있어요. 그때의 부대표님 표정, 잊을 수가 없더라고요. 어떤 감정일지 상상이 가서 말이죠."

선하의 당돌한 말에 내 표정이 얼어붙었다. 정말 그 당시의 나를 읽었던 걸까. 어떻게 저렇게 자신 있게 말할 수 있는 거지……?

그 의문들로 머릿속이 복잡해져 있을 때, 선하가 툭 내뱉듯이 덧붙였다.

"제가 도울 수 있어요, 전 부대표님과 상당히 비슷하거든요."

말을 마친 그녀의 얼굴은 자신감으로 가득 차 있었다.

정말 내 생각을 꿰뚫어본 것인지 확인할 순 없었지만, 그녀를 불러왔을 때의 호기심이 또다시 발동했다. 어차피 누군가를 비서로 부려야 한다면, 눈앞의 이 사람을 시험해보는 것도 나쁘지 않겠다는 생각이었다.

선하를 마주 보던 내 입꼬리 한쪽이 흥미롭게 올라갔다. 곧바로 책상 위 홀로그램의 호출 버튼을 터치하며 말했다.

"장 비서, 인사부장 좀 올라오라고 해. 아, 그리고 장 비서는 짐을 싸는 게 좋겠어, 다른 자리로 이동이야."

터치한 손가락을 떼고 다시 선하를 바라봤다. 그녀는 만족스러운 듯 한쪽 입꼬리를 올린 채 웃고 있었다. 그 모습이 마주한 내 것과 겹쳐서 마치 거울을 보는 것 같았다.

그 후 3년이 흘렀다. 선하는 여전히 나를 위해 일하고 있고, 이제껏 단 한 번도 실망시킨 적이 없었다. 그래서 이번 일도 믿고 맡길 수 있었다.

유리 벽 너머에 앉아서 업무에 열중하고 있는 선하를 슬쩍 확인한 후, 시선을 내려 그녀가 보낸 파일을 터치했다.

[정리] 본체 위탁관리소 1 to 7861

손끝에서 파일이 열리며 3개로 분리된 엑셀 시트가 나타났다. 최고급 시설, 중상위, 기타 시설로 명기된 시트들에 속해 있는 리스트 총합 숫자가 시트들 옆에 나란히 떴다. 7,861. 저 장소가 캣시월드에 연결되어 있을 때 본체인 신체를 관리하고 보존해주는 전 세계 모든 위탁관리소의 개수였다.

위탁관리소의 등장 또한 캣시월드의 대중화 덕분이었다. 초기 이용자들은 캣시월드의 생활에 너무 빠지는 바람에 접속을 끊지 못해 사고가 발생하기도 했다. 정신이 메타버스 내에서 활동하더라도 현실에서의 본체는 따로 관리가 되어야 한다. 하지만 캣시월드 안에서 지내느라 먹고 마시는 것조차 잊어버린 이용자들의 본체는 영양부족과 신체활동 부족으로 망가져 갔다. 특히 나이가 많은 이용자의 경우엔 활동 정지, 즉, 죽음에 이르는 경우까지 생겼다.

결국 UN 차원에서 법령을 제정했다. 8시간 이내의 짧은 접속은 어디서나 가능하도록 허용했지만, 그 시간을 넘어서게 되면 위탁관리소에 본체를 보관하도록 강제한 것이다.

이후 위탁관리소는 캣시월드 이용에 필수사항처럼 되었다. 애초의 목적이었던 체력 저하나 영양부족 등의 이슈가 발생하지 않도록 관리하는 것은 물론, 어떤 곳들은 전기자극을 이용해 운동력을 강화해주면서 오히려 더욱 건강한 신체로 만들어주었다.

불안에 떠는 재영에게 내가 제안하려던 방법은 바로 그곳을 이용하는 것이었다. 본체인 몸을 협박자가 찾기 힘든 위탁관리소에 안전하게 보관해두고 그의 정신은 특수제작된 독립된 캣시월드에 연결하여 잠시 생활하게 하는 아이디어였다. 독립적인 캣시월드는 재영만을 위해 회사 차원에서 별도로 개발한 후, 추가 접속은 부대표인 나만 가능하도록 프로그래밍할 예정이었다. 회사의 중대사는 내가 접속해 재영과 상의하면 될 테고, 나중에 안전이 확보되면 재영의 정신을 본체와 함께 현실로 복귀시키는 계획.

과거에는 현실 세계의 위협을 피해 잠적하는 경우, 기존의 관계와 생활을 완벽하게 단절하고 신분까지 바꿔야 했다. 하지만 메타버스의 등장 이후, 정신은 메타버스 내에서 잠시 머무르면서 본체만 숨기는 방법으로 훨씬 수월한 잠적이 가능했다. 물론 독립적인 캣시월드를 제작할 수 있고 안전한 최고급의 위탁관리소를 이용할 수 있는 재영과 같은 재력가에게만 허용된 방법이었다.

메타버스가 인류의 삶에서 활성화된 이후로 여러 가지 규칙들이 생겼다 사라졌다. 하지만 그 과정에서도 중요하게 유지되는 3가지가 있었다. 나는 추후 문제의 소지가 발생하지 않도록 내 아이디어가 그것들을 침해하진 않는지 미리 여러 번 검토를 마쳐두었다.

제1법칙. 현실 세계 본체의 수명을 기준으로 메타버스 아바타의 수명
　　　도 결정된다.

제2법칙. 저장소를 타인의 본체(신체)에 적용할 수 없다.

제3법칙. 메타버스 내에서는 거짓말을 할 수 없다.

　가상현실이 처음 등장한 이후, 여러 가지 사건과 상황이 쌓이면서 법안이 발의되고 프로그램에 적용된 결과였다. 제1법칙과 제2법칙은 수명과 관계된 것으로, 특히 후자는 저장소 개념을 탄생시킨 소설 원작에서의 방식이 윤리적인 이슈를 불러일으키면서 철저히 금지되었다(저장소의 이동이 가능했던 초기에는 타인의 신체를 강탈하거나 거래하는 상황도 발생했다. 소설과는 달리 인간의 신체를 인위적으로 생산해낼 수는 없었기에 더욱 문제시됐다). 현재는 태어나자마자 병원에서 저장소를 생성하고 즉시 해당 신체에 귀속시킨다.

　제3법칙은 가상현실이라는 특수성 때문에 발생한 사기사건들이 많아지면서 생겨난 것이었다. 초기에는 메타버스와 현실의 연결성이 약했다. 현실에서 소아성애 전과가 있는 범죄자가 메타버스에서 아이들을 돌보는 유치원 교사에 지원해도 이를 확인하고 거를 방법이 없었다. 결국 이를 막기 위해 세 번째 법칙이 긴급하게 제정되었다.

　이 법칙은 즉시성이 필요했기 때문에 캣시월드 프로그램에

직접적인 작업을 추가했다. 아바타가 거짓말을 하려는 순간에 발생하는 뇌파를 감지해서 말을 내뱉기 전에 소리를 소거시키는 원천 차단 방식이었다. 오류 가능성은 0.0001%. 그 덕분에 이후 캣시월드 내에서의 범죄율은 제로에 수렴하게 유지될 수 있었다.

재영의 생명을 지키기 위해선 수명과 관련된 메타버스의 법칙에 준하여 본체만 안전하게 숨기면 된다는 점을 이해시키면 되는 상황이었다. 그의 정신은 그가 좋아하는 시간대와 장소가 반영된 독립된 캣시월드에서 안전하게 지낼 수 있을 테니, 재영은 현실보다 그곳의 생활에 더 만족할지도 모른다.

나는 제어기를 터치해 등 뒤의 창을 불투명하게 전환했다. 완벽한 보안을 갖추고 재영의 몸을 맡길 위탁관리소를 검토하기 시작했다. 7천 8백 6십 1개의 리스트를 직접 비교하여 가장 적합한 한 곳을 선정하기 위해.

붉은 악마 티셔츠를 입은 축구응원단들이 부부젤라로 요란한 소리를 내며 곁을 스쳐 지나갔다.

"왜 하필 2002년이에요?"

선하는 괴로운 듯 손가락으로 귀를 막은 채 소릴 높여 내게 물었다.

그녀와 난 특수 제작한 캣시월드, '2002년—캣시월드—서울'에 들어와 있었다. 재영의 저장소를 연결할 곳을 사전답사하고 그가 최대한 편히 지낼 수 있도록 환경을 설정해두기 위해서였다.

"재영이가, 아니, 대표님이 이 시기에 살아보고 싶었다고 맨날 입에 달고 다녔어. 알잖아, 축구 좋아하시는 거."

소음 때문에 목소리를 높이면서, 동시에 시선을 내려 내 양손을 바라보았다.

캣시월드가 상용화된 초기만 해도 아바타들은 디지털 게임 캐릭터에 가까운 이미지였다. 하지만 프로그램이 고도화되면서 메타버스 내에서도 그래픽 디자이너들이 직접 이미지를 구성하고 생산하는 게 가능해졌다. 국경도, 시간의 제약도 없어진 캣시월드에서는 전 세계의 디자이너, 개발자들의 협업이 상상을 초월할 정도로 활발하게 일어났다. 재영이 기초적인 소스코드를 공개해 사용자들이 직접 캣시월드를 업그레이드할 수 있도록 허용하자, 가상현실의 이미지들은 급속도로 현실과 가까워졌다. 그 결과, 지금 내가 보고 있는 나의 손을 그려낸 그래픽도 현실과 전혀 구분되지 않을 정도였다.

순간 불현듯 기시감이 스쳤다. 똑같은 각도에서 동일한 이미지의 내 손을 바라본 적이 있었던 것 같은.

"……님, 괜찮으십니까?"

머리가 멍해져서인지, 선하의 목소리가 필터를 거친 것처럼 들렸다. 나는 정신을 차리기 위해 머리를 흔들곤 되물었다.

"방금, 뭐라고?"

"네?"

"좀 전에, 뭐라고 말하지 않았나?"

어딘지 익숙하지 않은 선하의 말투를 들은 것 같았다.

선하는 영문을 모르겠다는 표정을 지었지만 곧장 대답했다.

"괜찮으시냐고 물었는데요."

좀 전에 들었을 땐 분명 다르게 들린 것 같았는데 지금은 문제를 느낄 수 없었다. 머리가 뒤죽박죽 혼란스러웠다. 동시간대로 진행되는 일반적인 캣시월드와는 달리, 과거의 시간으로 특수제작된 공간이어서 이런 느낌이 드는 건가 싶었다.

이런 기시감과 상대 아바타에 대한 어색한 느낌은 프로그래밍 오류일 가능성이 높았다. 그렇다면 재영의 저장소를 접속시키기 이전에 반드시 수정되어야 했다. 그가 이질감을 느끼지 않고 최대한 오래 머무를 수 있는 환경을 세팅할 필요가 있었다.

"일단 움직이지. 여긴 너무 시끄럽군."

내 말이 떨어지자마자, 선하는 손목에 차고 있던 시계를 터치해 홀로그램을 띄웠다. 3차원 지도에서 미리 지정해두었던 깃발에 그녀의 다른 손을 가져다 대자, 우리를 둘러싸고 있던 주변 환경이 순식간에 바뀌었다.

4면이 온통 하얀 벽인 넓은 공간에 나와 선하가 마주 서 있었다. 왁자지껄했던 응원 소리가 갑자기 사라지자, 오히려 정적에 귀가 먼 듯한 느낌이 들었다. 이를 없애기 위해 양손 집게손가락으로 귓구멍을 눌렀다 뗐다.

재영은 하얀색 상자처럼 보이는 이 공간에서 생활하게 될 거다. 어차피 세상 밖으로 나오기 전에는 방안에서 게임개발만 했으니 그때와 별반 다르지 않은 삶일 것이다. 다른 걱정거리가 없으니 오히려 더 행복해할지도. 나도 모르게 얼굴에 미소가 피어났다.

그런데 고개를 돌리다 마주친 선하의 눈빛에 나도 모르게 뒷걸음질을 쳤다. 나를 꿰뚫는 것 같은, 나에게서 뭔가를 읽어 내려는 듯한 눈빛이 나를 향하고 있었다. 그녀가 다시금 어딘가 달라 보였다.

특수제작한 메타버스라서 그래픽 이미지가 아직 불완전한 걸까? 혹시 내 아바타도 현실과 달라 보이기 때문에 선하가 저런 눈빛으로 날 보는 건가?

"부대표님?"

내가 의문에 잠겨 멍하니 있자, 선하가 나를 다시 불렀다.

나는 눈을 질끈 감았다 뜨며 조금 전 머릿속을 채웠던 의문들을 지워버렸다. 내 앞에 선 이는 양선하가 맞다. 여기서 겪은 이상한 느낌과 상황들은 중요한 일을 앞두고 긴장한 탓일 거였다.

곧바로 아무것도 없는 주변을 둘러보며 선하에게 지시를 내렸다.

"대표님이 불편함을 느끼지 못하시도록 해야 하니까, 현실과 최대한 가깝게 모든 걸 세팅해. 평소에 사용하시는 집기들은 물론이고, 대표님이 그동안 한 번이라도 사용했던 것들은 언제 어디서든 번거롭지 않게 바로 찾아 사용하실 수 있도록. 행여 엔지니어들이 프로그래밍 작업에 일정이 부족하다는 등 볼멘소리를 하거든, 필요한 만큼 인력을 투입해도 된다고 전해. 이게 최우선 프로젝트라는 걸 인지시키라고! 또 뭐가 남았나? 필요한 NPC* 목록들은 모두 검토를 마친 거지? 그래도 혹시 모르니까 한 번 더 확인해두고."

"네, 알겠습니다, 그렇게 해두겠습니다."

"네, 알았어요, 그렇게 할게요."

선하의 말이 끝나자마자, 그녀의 다른 목소리가 에코처럼 연달아 공간을 울렸다.

나는 그 소리에 소스라치게 놀라서 뒤로 펄쩍 물러서며 외쳤다.

"뭐, 뭐야?!"

"네? 왜 그러세요?"

선하는 영문을 모르겠다는 듯 한 발 다가서며 차분한 말투로

---

* Non Player Character의 약자. 주로 게임 안에서 사용되는 도우미 캐릭터를 의미하며 실제 사용자 플레이어가 아닌 콘텐츠 제공용으로 만들어진 캐릭터를 말한다.

물었다. 고개를 갸웃거리며 의문에 찬 표정으로 나를 바라봤다.

뭐지? 조금 전의 소리가 내게만 들렸다는 건가?

위화감이 발끝에서부터 온몸을 타고 올라왔다. 분명히 정체를 알 수 없는 소리를 들었다. 뭔가 이상하고 어딘가 자연스럽지 않다고 느꼈던 것을 실제로 경험한 거였다. 머릿속에 빨간 경고등이 켜졌다. 순간 이 상황이 어떻게 된 것인지를 깨닫고 놀란 눈이 최대치로 커졌다.

혹시 누군가 내 계획을 눈치채고 선하의 아바타에 접속해 그녀로 위장한 것인가?!

그건 메타버스 제2법칙을 위반한 행위가 분명했지만, 아직 프로그램에서 원천적으로 막혀있진 않았다. 누구든 그걸 즉각적으로 확인할 방법이 있었으니까.

"너, 너! 내 비서 양선하 맞아?"

당황한 티가 역력한 내 목소리가 하얀 공간을 울렸다.

선하는 내 말에 놀란 표정으로 할 말을 잃은 듯 가만히 멈춰 있었다.

이제 선하의 입에서 나오는 말소리가 들리지 않는다면, 음이 소거된다면, 누군가 선하로 위장한 게 맞는다는 얘기다. 그러면 나는 이곳을 최대한 빨리 벗어나서 현실로 돌아가야 한다!

선하의 아바타를 차지한 놈이 내 계획을 어디까지 알아냈을지 예상할 수 없어 초조했다. 급히 주머니를 뒤적여 가상현실

조종기를 찾으려 했지만 그 물건은 거기에 없었다. 내 조종기는 이곳에 접속한 처음부터 선하에게 맡겼으니까. 젠장맞을!

"제가 양선하가 아니면, 도대체 누구라는 말씀이세요?"

특유의 맹랑한 표정으로 선하가 내게 되물었다.

"나한테 되묻지 말고, 대답, 대답을 해! 답을 하라고!"

나는 다시 뒤로 몇 발짝 물러서며 소리쳤다.

조종기는 아마 선하의 재킷 주머니에 있을 거다. 아까 어느 쪽에 넣었더라, 오른쪽? 아니, 왼쪽이었나?

그때 선하가 답답하다는 듯 말했다.

"저 선하 맞아요. 부대표님 비서 양.선.하."

내 눈을 똑바로 쳐다보며 자신의 이름을 똑똑히 끊어 발음했다. 분명히 그녀가 내뱉은 말은 아바타의 입술을 타고 내 귀로 온전히 흘러들어 왔다. 제3법칙을 위반하지 않았다는 의미였다. 선하의 아바타에 연결된 것은 그녀가 분명하다는 증거였다.

머리가 멍해졌다. 최고의 지성을 자랑하던 내가 한순간 멍청이가 되어버린 것 같았다. 이곳에 접속한 후부터 느꼈던 기시감과 선하에게서 받은 위화감은 정말로 그저 큰일을 앞둔 스트레스 때문이었던 걸까. 처음 겪어보는 너무도 이상한 일이……

비몽사몽간에 온몸 구석구석을 두들겨 맞은 것처럼 통증이 몰아닥쳤다. 사지가 묶여서 움직일 수 없는 데다, 뭔가가 내 몸뚱이를 감싸고 있는 듯 답답하기까지 했다. 숨마저 제대로 쉴 수 없는 고통 속에 힘겹게 겨우 눈을 떴다.

시야가 뭔가로 덮인 듯 뿌옇게 잘 보이지 않았다. 간신히 초점을 맞춰 정면을 응시하자, 유리 벽 너머에 있는 사람들이 심각한 표정으로 말을 나누는 모습이 보였다. 그중 한 여성이 고개를 돌리다 우연히 나와 시선이 마주치곤 깜짝 놀라 눈을 동그랗게 떴다. 그녀의 얼굴이 낯익다고 생각한 동시에, 그녀가 누구인지도 기억해냈다. 그레이스 한이었다. 저장소를 개발한 천재 과학자이자, 침체의 늪으로 향하던 재영의 왕국을 되살린 사람.

기자회견 이후 한 번도 만난 적이 없는데 저기서 뭘 하는 걸까 궁금하던 찰나, 그녀가 다급히 몸을 돌려 누군가를 불렀다. 그러자 어디선가 서너 명의 사람들이 나를 향해 뛰어왔다. 순간 온몸의 통증이 각성이라도 한 듯 몰려왔다. 그것을 견디다 못한 내가 소리를 지르기 시작했다. 달려든 사람들이 내 사지를 붙들며 뭐라고 얘길 했지만, 그들의 말은 하나도 귀에 들어오지 않았다. 온몸이 불타는 것 같은 고통 때문에 어느 한 단어도 알아들을 수가 없었다.

나는 발악하듯 소리를 계속 내지르다, 뭔가 뜨거운 기운이 핏속으로 퍼져 들어오는 것을 느꼈다. 곧바로 잠에 빠져들었다.

"허억!"

신음과 함께 눈을 번쩍 떴다. 조금 전 실제처럼 느꼈던 통증은 온데간데없이 사라진 상태였다. 이해할 수 없던 상황과 사람들도 사라졌다. 지금 눈에 보이는 건 익숙한 사무실의 모습뿐이었다. 언제나 그랬던 것처럼, 아침 햇살이 창에서 창으로 반사되어 내 사무실을 밝게 채우고 있었다.

어제 '2002년—캣시월드—서울'을 확인하기 위해 접속한 이후 컨디션이 좋지 않았다. 그래서 사무실 소파에 그대로 쓰러진 것까진 기억이 났다. 조금 전의 상황은 아무래도 스트레스가 최대치로 치솟아 꾸게 된 악몽인 모양이었다.

상황을 인지하곤 곧바로 소파에 일어나 앉았다. 조금만 더 버텨내자고 스스로를 다독이며 숨을 길게 내쉬었다.

선하는 기다리고 있었다는 듯 곧장 사무실 안으로 들어오며 말했다.

"대표님이 방금 새 메시지를 확인하셨다고, 당장 올라오라는 호출이에요."

"그래?"

소파에서 일어서며 책상 위 홀로그램의 시간을 확인했다. 오전 9시 12분이었다.

"24시간에서 8시간으로 제한 시간을 줄인다는 마지막 메시지를 받았겠군. 맘이 급하면 판단력이 흐려지는 법이지…….

위탁관리소에 관한 보고를 할 타이밍이야."

"역시 제가 존경할 만한 분이세요! 저는 부대표님께 여전히 배워야 할 게 많네요."

선하가 도도한 말투로 장난스럽게 말했다. 이어 깍듯이 인사를 하는 시늉을 하곤 몸을 돌려 나갔다.

나는 홀로그램을 터치해 위탁관리소 브리핑 자료를 재영에게 전송했다. 그가 파일을 미리 확인할 시간을 주기 위해 계단을 오르기 전 화장실에 들렀다. 재영과 마주했을 때 완벽할 수 있도록 거울 속 내 표정을 확인했다. 머리와 옷매무새까지 다듬어 준비를 마치고서야 위층으로 올라갔다.

"네가 고른 여기, 이곳은 정말, 정말로 안전한 거지? 놈들이 찾아낼 수 없는 거지?"

경호원들이 줄지어선 문을 통과해 그의 펜트하우스에 들어서자마자, 재영이 내게로 뛰어오며 물었다. 내게 욕을 날리던 캣시월드 컴퍼니의 대표 안재영은 사라지고, 소심한 프로그래머이자 친구인 재영이 내 앞에 있었다.

그가 온전히 신뢰할 수 있도록 자신감을 채운 목소리로 설명했다.

"대표님, 시뮬레이션을 수차례 돌려서 가장 찾기 힘든 장소로 제가 직접 결정했고, 그곳의 위치 정보도 저만 알고 있을 겁니다. 잠시만 그곳에 본체를 위탁하고 숨어 계시면 메시지를 보낸 놈을 잡아낼 겁니다. 경찰에서도 이미 다각도로 협조해 주기로 이야기가 다 되었고, 이미 놈에 대한 실마리도 있는 걸로 압니다. 길어야 한 달, 그 시간 동안만 안전하게 지내시다 복귀하시면 되는 겁니다."

말을 마치며 준비했던 미소를 지어 보였다.

하지만 재영은 여전히 입술을 깨문 채 미간의 주름을 펴지 못했다. 눈빛 또한 불안하게 흔들리고 있었다.

그 모습이 내게 다시 기시감을 불러왔다. 그 느낌이 너무 강력해서 덜컥 심장이 내려앉는 것 같았다. 식은땀까지 단번에 솟아나 손바닥을 적셨다. 너무 당황스러워서 나도 모르게 손을 바르르 떨다, 재영이 볼까 싶어 황급히 등 뒤로 감추었다. 어떤 이유에서든 내가 불안해하는 모습을 보이는 건 그의 의사결정에 좋지 않은 영향을 줄 수 있었다.

다행히 재영은 골똘히 생각에 잠기면서 내 상태를 눈치채지 못했다. 재영의 고민을 끝내고 결정을 이끌 말을 조금 보태야 하나 싶었다가, 괜한 말은 오히려 그의 생각을 잘못된 방향으로 흐르게 할지도 모른다는 판단에 침묵을 유지하기로 했다. 불필요한 조바심으로 10년 가까이 준비한 일을 물거품으로 만들 순 없었다.

마침내 재영이 고개를 들었다. 흔들리던 눈빛은 이제 안정되어 있었다. 곧바로 내게 오른손을 내밀어 악수를 청하며 말했다.

"네 계획대로 할게, 민우야, 고마워. ……정말 너밖에 없다."

"아닙니다, 회장님."

"……이제 계속 존대하는 건가? 난 어색……한 거 싫은데……."

재영은 상처받은 아이처럼 침울한 목소리로 말끝을 흐렸다.

유약한 척하지만 그는 자신이 최상위 포식자라는 것을 명확히 알고 있었다. 그 힘을 발휘하고 싶은 순간이 오면 가차 없이 나를 물어뜯을 거면서, 이렇듯 자신이 원하는 상황에선 내가 그를 보듬어주길 원했다.

나는 재영의 이런 이중적인 면이 오래전부터 가증스러웠다. 잠시 표정 없는 얼굴로 그를 마주 봤다. 재영이 당황스러워하며 눈을 크게 몇 번 껌뻑거렸다.

나는 즉시 표정을 풀어내며 장난스럽게 그에게 대꾸했다.

"장난이었어! 내가 진지한 투로 말을 해야 네가 잘 들으니까."

"난 또, 네가 화가 많이 난 줄 알고……. 사실 어제는, 난 정말로 너무 무서웠는데, 민우 너는, 그게 아무것도 아니라는 듯 반응하니까……."

나는 우물거리며 말끝을 흐리는 재영의 머리카락을 한 손으로 쓰다듬듯 흐트러뜨리며 웃었다. 그제야 그도 마음이 풀린 듯 커다란 미소를 지어 보였다. 거짓으로 가장된 나의 미소와는 전혀 다른, 진실한 미소였다. 하지만 그 미소가 내게 죄책감을 불러일으키진 못했다.

내가 재영을 망가뜨리겠다고 마음먹은 건, 꽤 오래전이다. 훗날 누군가 모든 진실을 알게 된다면 그의 성공에 대한 시기와 욕심으로 일을 꾸몄다고 생각하겠지만, 그건 사실이 아니다. 그에게서 소중한 것을 빼앗고자 결심하게 된 건 재영이 성공을 확정 짓기 전의 일이다.

우린 중고등학교 시절을 함께 보냈다. 친한 사이는 아니었지만 오며 가며 인사를 나누고 가끔 어울릴 정도의 친분을 유지했다. 녀석은 어릴 때부터 뭔가에 집중하면 밥도 거르고 잠도 거를 만큼 집요하게 파고드는 성격이었다. 그게 모든 과목을 골고루 잘해야 하는 학교 공부와는 맞지 않았고 당연히 성적도 잘 나오지 않았다. 반면 나는 상당히 좋은 공부 머리를 가지고 있어서 학창 시절 좋은 성적은 물론이거니와, 대한민국 최고의 로스쿨 진학까지 일사천리로 이뤄냈다. 녀석이 고등학교 졸업 후 대학 진학도 포기한 채 방에 틀어박혀 게임에 빠져들기 시작했을 때, 나는 변호사 자격증을 획득한 후 바로 사무실을 내고 경력을 쌓아가며, 이른바 성공한 인생을 살고 있었다. 내가 꿈꾸던 삶을 이뤄냈기에 만족했다. 행복했다. 내 인생이 완전하다고 생각했다.

그런데 녀석이 갑자기 캣시코인이라는 것을 만들었다. 그동안 내 이야기 일색이었던 동창회 커뮤니티에서, 그때부턴 녀석의 이야기뿐이었다. 순식간에 재벌의 대열에 들어선 것도 모자라 그레이스 한과의 협업이 기정사실화되면서, 언론은 새로운 시대를 이끌 IT 천재로 녀석을 추켜세웠다. 가진 명성에도 불구하고 대중 앞에 모습을 잘 드러내지 않자, 재영을 향한 호기심이 증폭되면서 신비감은 더욱 깊어졌다. 새로운 세계를 창조하는 신과 같은 존재라며 떠받드는 사람까지 있었다. 녀석과 같은 반이 된 적이 있다는 이유만으로도 무슨 연줄이라도 있는 양, 친한 친구인 양, 자랑을 늘어놓는 놈들도 있었다. 불과 몇 년 전까지만 해도 재영이 어두침침한 방안에서 게임만 하다가 죽어도 모를 히키코모리라며 나와 함께 비웃던 놈들이었다.

그러다 재영이 공개석상에 정식으로 모습을 드러내야 할 상황이 생겼다. 그레이스가 협약을 체결하는 기자회견에 그를 불러냈기 때문이었다. 재영은 자신이 알고 있던 유일한 법조인인 내게 도움을 청했다. 협약 체결을 돕고 자신이 만들 회사의 고문 변호사 자리를 맡아달라고 했다. 하지만 내 사무실은 이미 성공 가도를 달리던 상황이었던 반면, 녀석의 회사는 아직 미래가 불투명했다. 나는 일단 단발성으로 협약 체결만 도운 후 상황을 보고 합류를 결정하겠다는 의사를 전했다. 이때까지만 해도 내가 캣시월드 컴퍼니에 합류하게 될 거라곤 꿈에도 생각하지 않았다.

협약식은 아무런 문제 없이 잘 진행되었다. 생각보다 너무 많은 언론이 몰려와서 카메라를 들이대는 바람에 재영의 곁에 섰던 나까지 유명인이 된 기분이었다. 이런 경험도 나쁘지 않다는 생각에 기분이 꽤 좋기도 했다.

그러나 협약식 종료 후 진행된 질의응답 시간이 내 기분을 완전히 뒤바꾸어버렸다.

어느 기자가 재영의 옆에서 협약을 돕던 내가 누구인지, 회사에서 어떤 직책을 가졌는지 물었다. 재영은 웃으며 내가 친한 친구이자 변호사라고 답했다. 그의 답변을 들으며 나 자신이 무척이나 자랑스러웠다. 꿈을 이루고 그걸로 스포트라이트를 받게 된 거니까. 나의 콧대는 내가 살아온 이래 가장 높게 치솟아 있었다.

하지만 기자는 거기서 끝내지 않고 연이어 질문을 던졌다.

"안재영 씨의 천재적인 두뇌라면 친구분처럼 변호사나 의사 같은 직업을 꿈꿀 수도 있었을 것 같은데요. 만약 그랬다면 어떻게 됐을까요?"

장난스러운 기자의 질문에 재영은 코웃음을 쳤다. 이내 내가 처음 본, 그에게는 있을 수 없을 거라 여겼던 거만한 표정과 말투로 답변을 시작했다.

"물론 제가 마음만 먹었다면 그런 직업도 가질 수 있었겠죠. 하지만 그랬다면, 여러분 인생에서 최고라 할 만한 가상현실 서비스는 탄생하지 못했겠죠? 그리고 아마 저도…… 지금 이

친구처럼 진짜 성공한 사람들 옆에서 도장이나 대신 찍어주는 신세가 됐겠죠? 하하하!"

재영의 웃음소리를 따라 그곳에 있던 모두가 웃음을 터트렸다. 그와 나란히 앉은 그레이스의 얼굴에도 옅은 미소가 떠올랐다.

그 자리에서 어설픈 미소조차 지을 수 없었던 이는 오직 한 사람뿐이었다.

내 얼굴은 순식간에 차갑고 뻣뻣하게 굳어버렸다.

오랜 시간, 꾸준히 노력해 이뤄낸 나의 꿈을, 녀석은 자신이 얼마든지 해낼 수 있었을 거라며 비웃었다. 게임에나 빠져 지내던 놈이 우연찮은 기회에 일확천금을 얻고, 자신의 능력보다는 다른 사람의 재능으로 행운을 거머쥔 놈이, 그런 하찮았던 놈이, 내가 열심히 이뤄낸 결과를 비웃고 있었다. 자부심으로 가득했던 나를 한순간에 밑바닥까지 끌어내렸다.

그때 내 가슴에 칼이 하나 솟아났다.

그 칼의 날이 번쩍이면서 격해졌던 감정이 순식간에 평온해졌다. 나는 곧장 굳었던 표정을 담담하게 바꾸고 감정을 철저히 숨긴 채 행사를 마무리했다. 그리고 협약식이 끝난 며칠 후, 재영에게 연락해 그의 변호사가 되겠다고 말했다. 단순한 고문 변호사가 아니라, 회사 경영에 적극적으로 참여하는 자리에서 재영과 함께 캣시월드 컴퍼니를 키우고 싶다고 말했다. 그의 꿈을 이루는 것에 힘이 되어주고 싶다고 했다. 재영은 크게 기뻐하며 내게 최고운영책임자 자리를 내주었다.

원래는 그 자리에서 곧바로 그의 회사를 망쳐버릴 작정이었다. 놈이 내 자존감을 짓밟았던 것처럼 단숨에. 하지만 그걸 위해 회사 일을 살피고 깊이 관여하다 보니, 이 사업이 얼마나 발전 가능성이 있고 가치가 있는 것인지 알게 됐다. 분노를 넘어선 욕심이 생겼다.

그래서 목표를 수정했다. 단순히 놈의 꿈을 망가뜨리는 것에서 끝내는 게 아니라, 그것을 아예 빼앗아버리기로 마음먹었다. 재영의 모든 것인 캣시월드를 가로채서 내 것으로 만드는 것. 그게 내가 새로 좇을 꿈이 되었다.

그렇게 10년을 기다려 마침내 가슴에 숨겨두었던 칼을 휘두를 시간이 왔다.

건물 옥상에 드론 헬기가 준비됐다. 선하가 모든 작업을 미리 마쳐놓은 덕에 바로 탑승해서 출발만 하면 되는 상황이었다. 드론 헬기는 자동항법시스템과 스텔스 기능을 갖추고 있어 따로 비행사나 경호원도 동행할 필요가 없었다. 최종 목적지의 위치를 감추기 위해서라도 나와 재영만 탑승하기로 했다.

경호원들과 선하가 지켜보는 가운데, 옥상에서 떠오른 헬기가 순식간에 캣시월드 컴퍼니 건물에서 멀어졌다. 재영은 건물에서 벗어난 것만으로도 안전하다는 느낌을 받았는지 홀가

분한 표정으로 창밖을 바라봤다.

하지만 나는 목적지에 도착하기 전까지 아직 해야 할 일이 있었다. 헬기에 탑재된 프로그램을 가동해 회사의 권한 위임 프로토콜을 수정하는 작업을 시작했다. 재영은 내가 준비한 내용을 자세히 살펴보지도 않고 연달아 승인 버튼을 터치했다. 대표 권한 대행을 맡을 사람은 나였고 그의 정신이 머무는 가상현실에 접속해서 커뮤니케이션할 수 있는 유일한 사람도 나로 지정됐다. 그가 회사 운영에 있어 내릴 모든 의사결정은 나를 통해서만 가능하도록 설정됐다.

이러한 조치는, 내가 재영의 생각을 전달하지 않으면 직원들은 그가 생각을 가졌었다는 사실조차 모르게 된다는 것을 의미한다. 반대로, 재영이 아무런 지시를 하지 않아도 내가 재영의 지시라며 말을 전하면 그들은 그렇게 믿을 수밖에 없다. 명목상으론 대표 대행이었지만 실제적으로는 내가 의사결정권자가 되어버리는 의사 전달 체계.

그렇게 재영의 자리를 차지한 후 그의 정신을 현실로 복귀시키지 않는 것이 내 계획의 피날레였다.

혹여 나중에 누군가 재영의 행방을 묻는다면?

나는 재영이 목숨까지 위협받는 현실의 삶에 신물이 나서 특수 제작한 캣시월드로 숨어버렸고 다시는 돌아오지 않기로 했다고 답하면 된다. 모든 게 그의 결정처럼 보일 테지만 실제로는 나의 결정대로 캣시월드가 내 소유가 되는 것이다.

드론 헬기는 어느새 바다 한가운데를 날고 있었다. 이제 사방 어느 곳을 둘러봐도 땅덩어리는 전혀 보이지 않았다. 위협의 존재가 접근할 일말의 가능성도 없어졌다고 판단했던지, 재영은 평온한 얼굴로 내게 말했다.

"고맙다, 민우야."

나는 아무 말 없이 그에게 치아까지 보이며 웃었다. 이게 재영이 보는 내 마지막 얼굴일 테니 최대한 환한 미소를 보여주고 싶었다. 더 이상 녀석의 얼굴을 보지 않아도 된다고 생각하니 그 미소를 만드는 것 또한 전혀 어렵지 않았다.

그런데 그 순간, 또 한 번 강한 기시감이 찾아왔다. 볼이 움찔거릴 만큼 놀랐지만 두려움이 일었던 이전과는 달리 이번엔 다르게 생각하게 됐다. 지금껏 계획한 일들이 탈 없이 진행되어 가는 걸 보면 이런 느낌은 오히려 내가 일을 제대로 하고 있다는 어떤 신호인 것 같았다. 더 이상 불안하지 않았다.

자연스럽게 활짝 핀 나의 웃음에 재영도 함박웃음으로 답했다.

"잘 다녀오셨어요?"

선하가 캣시월드 컴퍼니 옥상으로 복귀한 드론 헬기에서 홀로 내리는 내게 다가서며 인사를 건넸다.

"응, 그쪽에서도 미리 준비를 다 해놔서 수월했어. 우린 마무리해야지? 바로 내려갈까."

나는 걸음을 멈추지 않고 곧장 재영의 펜트하우스로 향하며 말했다. 선하가 빠른 걸음으로 뒤따르며 물었다.

"예상보다 빨리 오셨네요. 선택하신 위탁관리소 위치가 아주 멀지는 않나 봐요?"

넌지시 관리소의 위치를 떠보는 질문이었다. 나는 못 들은 척, 대답 없이 걸음을 재촉했다.

원래는 이 모든 일들을 나 혼자 처리하려 했다. 10년의 기다림을 깨트릴 수 있는 어떤 위험도 감수하고 싶지 않았다. 하지만 우연한 기회로 선하를 비서로 받아들이고 실행단계에 그녀를 투입하면서 일의 진행은 더욱 완전해졌다.

선하는 협박 메시지를 전달하는 과정에서 특히 중요한 역할을 해주었다. 나 혼자였다면 불가능했을 다발적인 공격을 가능케 한 것이다. 어떤 집단이 실제로 움직이기라도 한 것처럼 온오프라인을 망라해 동시에 전달된 메시지들이 재영의 불안심리를 효과적으로 압박했다. 그가 잘못된 판단을 내리고 성급하게 행동하도록 이끌었다.

메시지 발송자를 추적하는 조사가 시작되었을 때도 마찬가지였다. 재영의 최측근이었던 내가 가장 먼저 의심의 대상이 되었지만, 선하가 꾸며준 알리바이 덕분에 수사 초기부터 용의 선상에서 깔끔하게 벗어날 수 있었다.

물론 선하는 그 대가로 캣시월드 컴퍼니의 지분 1%를 요구했다. 그녀가 기여한 수준과 성과에 비하면 소소하다고도 할 만한 수준이라, 별다른 고민 없이 조건을 수락했다.

하지만 선하가 나중에 마음을 바꿔 재영의 본체를 복귀시킨 후 그에게 더 많은 지분을 요구할 수도 있을 거란 우려도 하긴 했다. 내가 3년 동안 봐 온 그녀라면 그럴 가능성이 충분했고, 그만한 탐욕을 품고 있었기 때문에 내 계획의 공모자로도 적합했다. 그러니 선하가 허튼짓을 할 수 없도록 만전의 대책도 마련해야 했다. 재영의 본체를 둔 위탁관리소의 위치를 나만 알고 있기로 결정 한 건, 그런 이유에서였다.

이미 내가 그곳의 주인이라도 된 것처럼 자연스럽게 재영의 펜트하우스로 들어섰다. 재영이 떠나면서 경호를 맡았던 보안요원들과 시중을 들던 직원들에게 유급휴가를 주었기 때문에 이제 그곳에 남은 인력은 단 한 명도 없었다.

곧장 재영의 책상으로 향했다. 위탁관리소의 캡슐에서 수면 상태에 들어간 재영의 저장소를 '2002년—캣시월드—서울'에 접속시키는 작업을 하기 위해서였다. 곧 내 차지가 될 그 방에서 재영을 위한 마지막 서비스를 준비했다.

책상 앞에 서서 홀로그램 화면을 띄웠다. 그곳에 내 얼굴이 반사되어 보였다. 마주한 얼굴의 입꼬리가 주체할 수 없이 하늘을 향해 올라가 있었다.

선하는 책상 맞은편에 서서 한껏 기대에 찬 표정으로 나를 지켜보고 있었다.

재영의 저장소를 메타버스에 접속시키는 단계를 시작했다. 복잡할 것 하나 없이 몇 가지 신분 내용을 입력하고 지정된 코드만 넣으면 끝나는 일이었다.

확인, 확인, 확인. 버튼을 터치하는 내 손길이 춤이라도 추듯 경쾌했다.

그런데 순조롭게 진행되던 프로세스에 갑작스럽게 제동이 걸렸다. 확인 버튼을 터치했는데도 화면이 넘어가지 않고 홀로그램 화면 전체를 뒤덮는, 어울리지도 않는 이상한 디자인의 경고창이 떠오른 것이다.

〈!〉 메타버스 제4법칙 〈!〉
저장소의 본체 위치는 최소 1곳에 저장해두어야 한다.

본체의 위치를 좌표값으로 입력하십시오.

30초 내에 입력하지 않으면 본체 강탈 행위로

간주되어 자동으로 신고가 접수됩니다.

_____ S / _____ W

뭐지? 제4법칙? 도대체 언제부터 그런 게 있었단 말인가. 전혀 기억이 나지 않았다. 내가 놓친 메타버스의 법칙이 있다고? 말도 안 돼!

머릿속에서 북이 가쁘게 울리는 것처럼 진동이 요동쳤다. 그 울림에 정신이 혼미할 지경이었다. 그사이 경고창과 함께 뜬 카운트다운은 30에서 점점 더 낮은 숫자로 빠르게 내려가고 있었다.

"이게 도대체 어떻게 된 거야?! 제4법칙이라니, 난 들어본 적도 없……!"

상황이 이해되지 않아 책상 너머의 선하에게 혼잣말인 듯 외치다 말이 끊겨버렸다. 선하는 동공이 풀린 눈동자로 무표정하고 무기력하게 서 있었다.

"양선하! 정신 좀 차리고 생각 좀……!"

그러나 선하는 내 목소리에 그 어떤 반응도 보이지 않았다. 마치 메타버스에서 저장소의 접속이 끊겨버린 아바타처럼 아무런 생명 에너지가 느껴지지 않았다. 저 앤 도대체 갑자기 왜 저러는 거야!

제 역할을 놓아버린 선하에게 화가 머리끝까지 났다. 하지만 그 순간에도 숫자는 점점 낮아지고 있어 더 이상 그녀를 신경 쓸 여력이 없었다.

15초, 14초, 13초…….

본체 강탈 혐의로 신고가 접수되면 모든 게 수포로 돌아간다. 이마를 타고 흘러내리는 땀방울이 서늘했다.

어떡하지? 어떻게 해야 되지? 어쨌든 신고 접수는 막아야
하는데……!

문득, 지금 넣을 데이터는 어차피 캣시월드 컴퍼니의 서버에
저장될 테니 나중에 아무도 모르게 삭제하면 될 거란 생각이
떠올랐다. 머릿속에 광명이 비추는 것 같았다.

10초, 9초…….

남은 시간 내에 입력하려면 복잡한 위경도의 숫자를 고려할
때 당장 시작해야 했다. 비어 있는 칸에 언젠가는 모두 잊어버
리려고 작정했던 숫자들을 다급하게 입력했다.

21° 9' 42° S / 175° 12' 41° W

마지막 숫자 1을 넣는 순간, 폭탄이라도 터진 것처럼 세상이
온통 하얗게 밝아졌다.

***

"후읍!"

"괜찮으십니까?"

세형이 침대에서 벌떡 몸을 일으키며 숨을 몰아쉬자, 옆에서

대기하던 선호가 걱정스럽게 물었다. 하지만 세형은 대답 대신 곧장 유리 벽 너머 사람들을 향해 소리쳤다.

"위치 확보하셨죠? 지금 당장 기동대 출동시키십시오!"

즉시 경찰복을 입은 한 무리의 사람들이 문을 열고 뛰쳐나갔다. 남은 사람들 사이로 전자 수갑을 찬 선하의 모습이 드러났다. 그녀의 얼굴에 이전엔 없던 생채기와 희미해진 멍의 흔적이 보였다. 2명의 경찰에게 양팔을 붙들린 선하는 앙칼진 시선으로 세형의 침대 옆을 쏘아봤다. 거기에 붕대로 온몸을 감싼 민우가 죽은 듯이 누워 있었다.

김민우와 양선하는 자신들의 음모를 성공적으로 마무리했다.

실제 상황에서 안재영의 저장소를 '2002년—캣시월드—서울'에 접속시킬 때 '메타버스 제4법칙' 경고창 같은 건 뜨지 않았다. 두 사람은 자신들의 계획대로 캣시월드 컴퍼니를 장악하는 데 성공했고, 김민우는 회사에 남아 있던 안재영의 흔적을 천천히 지워나갔다.

그러나 몇 주 후, 두 사람이 업무를 위해 함께 이동하던 중 교통사고가 났다. 양선하는 찰과상에 불과했지만 김민우는 심각한 화상과 골절로 혼수상태에 빠졌다. 특수 병실에서 본체의 기능을 재생시키는 치료를 받아야 했다.

자동주행과 교통통제 시스템의 결합 이후, 교통사고라고 할 만한 것은 이미 수년 전에 사라진 지 오래였다. 따라서 경찰에서는 이 사고가 캣시월드를 노린 테러였을 가능성을 염두에 두고 탐문 조사를 위해 양선하의 병실을 찾았다.

하지만 경찰들이 그녀의 병실에 들어선 순간, 양선하는 영악하고 계산적인 면에 특화된 두뇌로 인해 오히려 잘못된 판단을 내리고 말았다. 경찰이 자신을 찾은 이유가 안재영의 본체 실종과 관련이 있을 거라고 넘겨짚은 것이다. 그러니 그 상황에서 자신의 이익이 최대로 확보되는 선택을 빠르게 계산하고 실행했다. 최소한 양선하 자신은 그렇게 했다고 믿었다.

맨 앞에 선 경찰이 '양선하 씨 맞으시죠? 김민우 씨와 함께……'라고 말을 제대로 시작하기도 전에, 양선하는 침대에서 벌떡 몸을 일으키며 소리쳤다.

"부대표님이, 부대표님이 모든 걸 계획한 거예요! 아랫사람인 제가 무슨 힘이 있겠어요? 저는 그저 시키는 대로 할 수밖에 없었어요. 부대표님이 설마 안 대표님에게 그렇게까지 할 줄은 몰랐다고요!"

맥락 없이 쏟아낸 그녀의 말에 경찰들은 처음엔 당황할 수밖에 없었다. 그러나 안재영이 캣시월드의 대표직을 갑자기 내려놓고 사라졌던 일이 세계적으로도 큰 뉴스였던 터라, 곧바로 상황을 인지하고 양선하를 긴급체포했다.

양선하의 체포로 캣시월드 컴퍼니는 발칵 뒤집혔다. 김민우가 혹시 이대로 죽게 된다면 안재영의 본체를 영영 찾을 수 없게 될지도 모른다고 판단한 임원들은 '메타버스 전문 조사관'인 진세형에게 사건을 의뢰하게 되었다.

진세형이 생각해낸 방법은 김민우의 기억을 활용하는 것이었다. 그의 저장소에서 사건과 관계된 기억을 메타버스에 덧입힌 후 복기하는 방식으로 안재영의 본체가 숨겨진 위탁관리소의 위치를 추적할 계획을 세웠다. 김민우의 기억을 덧입힐 메타버스는 그가 의심하지 못하도록 그의 모든 기억을 조합해 구축했다. 대신 필요한 정보 위주로 진세형이 건너뛰는 조작이 가능하도록 프로그래밍했다.

하지만 김민우의 기억을 관찰하는 것만으로는 안재영의 본체를 위탁한 관리소의 위치를 알아낼 수 없었다. 김민우가 자신의 기억에서마저 그 정보를 철저히 숨겨두었기 때문이었다.

결국 진세형은 마지막 순간에 승부를 걸었다. 김민우가 안재영의 저장소를 원격 연동하던 당시의 기억을 조작해 그에게 좌표값을 직접 입력하도록 만들었던 것이다.

선하의 시선이 민우에게서 세형으로 옮겨갔다. 분한 표정을 숨기지 않은 채 독기 가득한 눈으로 그를 노려봤다.

세형은 추적 과정을 통해 두 사람의 범죄 사실을 밝혀낸 것은 물론, 선하가 자신을 보호하기 위해 민우에게 덮어씌웠던 거짓말까지 모두 밝혀냈다. 선하가 살인에 준하는 범죄를 저지르는 데에는 어떠한 강압도 없었다. 그녀는 철저히 자신의 이익을 위해 범죄에 가담한 공모자였다.

세형은 자신을 죽일 듯이 노려보는 그 눈길을 무시한 채 몸에 붙어 있던 심전도 전선을 뜯어냈다. 다리를 내려 침대 옆으로 걸터앉으며 숨을 골랐다.

조수인 선호가 재빨리 물컵을 가져와 건네며 말했다.

"디퍼 캣시월드*에서 오류가 발생했을 땐, 순간적으로 식겁했습니다."

"어, 나도."

세형이 물로 입술만 살짝 축인 후 동조했다. 이어 안도의 한숨을 크게 내쉬었다.

가상현실에서 한 번 더 들어간 이중 가상현실 접속은 메타버스 역사상 처음 시도된 것이었다. 게다가 안재영의 부재 상태에서 그를 대체할 만한 프로그래머 없이 급하게 제작하다 보니 불안정한 상태에서 진행될 수밖에 없었다.

'디퍼 캣시월드'에서 세형은 선하의 아바타에 접속해 민우로부터 정보를 끌어내 보려고 했다. 하지만 완전하지 못한 프로그래밍 때문에 아바타의 말투가 변형된다거나 민우의 기억 속에 있

---

* Deeper Catsy World: 메타버스인 캣시월드 내에서 한 번 더 가상현실로 접속한 상태. 여기서는 '2002년—캣시월드—서울'을 말한다.

었던 원래의 대사가 겹쳐 들리는 식의 오류가 발생하고 말았다.

그러나 민우가 낌새를 눈치채고 메타버스의 제3법칙을 시험하려고 했을 땐, 오히려 '디퍼 캣시월드'였기 때문에 그 법칙의 적용을 받지 않고 예외 처리가 될 수 있었다. 덕분에 세형의 정체가 들통나지 않았다.

재영의 본체 위치를 알아냈단 소식을 들은 그레이스가 세형이 있는 실험실로 뛰어 들어왔다. 한껏 안도한 표정으로 세형에게 다가가 고마움을 전했다.

"정말 수고 많으셨어요, 조사관님."

"아닙니다, 박사님이 도와주셔서 해결할 수 있었습니다."

두 사람은 약속이라도 한 것처럼 서로에게 고개를 숙였다.

인사를 마친 그레이스는 고개를 돌려 혼수상태로 누워 있는 민우를 바라봤다. 나직한 목소리로 혼잣말처럼 중얼거렸다.

"정말 생각지도 못한 일이었어요. 이렇게 과학이 발전된 시대에도 여전히 벌레 한 마리가 컴퓨터의 오류를 야기했다니……. 하지만 덕분에 묻힐 뻔했던 범죄가 드러나게 되었네요. 다행이에요."

세형이 조용히 고개를 끄덕였다. 하지만 선호는 영문을 모르겠다는 듯 앞에 선 두 사람의 얼굴을 번갈아 바라봤다. 그러다 호기심을 참지 못하고 결국 그레이스에게 물었다.

"박사님 죄송하지만, 저는 무슨 말씀인지……?"

"끄응."

세형이 침대에서 신음을 내며 일어서더니, 선호의 어깨에 한 손을 올리며 설명해주었다.

"무슨 얘기냐면, 김민우와 양선하가 타고 가던 무인 자동차의 사고가 메인보드 내부에 침투한 벌레 때문이었던 걸로 밝혀졌거든. 말 그대로 버그(Bug)였던 거지."

"네에?!"

선호가 믿을 수 없다는 듯 눈을 동그랗게 뜨고 자신의 상사를 바라봤다. 그의 말이 농담인지 가늠해보려는 눈빛이었다. 하지만 세형은 더 이상 말해줄 생각은 없는 듯 담담히 손가락 관절을 꺾으며 몸을 풀기 시작했다.

난감해하는 선호의 표정을 본 그레이스가 웃으며 설명을 이었다.

"신기한 일이죠? 사실 같은 사건이 컴퓨터 태동기에도 있었어요. 오류를 일으킨 컴퓨터에서 벌레 한 마리가 발견됐었거든요. 그래서 오늘날까지도 컴퓨터에서 발생하는 오류를 버그라고 부르게 된 거예요."

선호가 오, 하는 감탄사를 내뱉으며 천천히 고개를 끄덕였다.

그레이스가 다시 세형을 돌아보며 말했다.

"기억으로 범죄를 추적할 만큼 과학이 발전했는데, 몇 가지 우연이 겹친 운이라는 게 여전히 인간의 상상을 뛰어넘네요.

안 대표가 장난처럼 캣시코인을 발행하고, 제가 그 덕에 저장소 기술을 개발하고, 거기에 예상치 못했던 벌레의 침투까지. 과학이 아무리 발전해도 우연이 만들어내는 운명 같은 힘은 사라지지 않을 것 같아요, 그렇죠? 조사관님?"

그녀의 말에 세형은 천천히 옆 침대로 눈길을 돌렸다. 전신에 붕대를 감은 채 혼수상태로 누워 있는 민우가 있었다. 그를 바라보는 세형의 눈빛이 무채색처럼 차갑게 변했다.

7년 전, 아내를 구하고 싶어 절규하던 세형을 비웃던 민우였다. 그랬던 그가 지금은 아내와 다름없는 모습으로 그의 앞에 속절없이 누워 있었다.

"안재영 씨가, 안 대표님이 작업을 하면 가능하다고 들었습니다! 아내를 깨어나게 해줘요, 제발!"

캣시월드 컴퍼니의 정문에서 경호원들에게 붙들린 세형이 민우를 향해 절박하게 외쳤다.

"어디서 들으셨는지 모르겠지만, 대표님은 그 일을 하실 여력도, 책임도 없으십니다."

세형을 바라보며 차갑게 대꾸하는 민우의 얼굴엔 상황에 맞지 않은 가벼운 미소까지 떠올라 있었다. 그 미소를 유지한 채 민우가 덧붙였다.

"법대로 해보세요, 아무것도 달라질 건 없겠지만."

세형은 민우가 말을 마치며 입술까지 비틀어 비웃는 것을 분명 보았다. 파렴치한 행동에 분노가 치솟아 그에게 달려들려고 해봤지만, 평생 연구실에서 살았던 세형에게 건장한 경호원 대여섯 명을 뚫을 힘이 있을 리 만무했다.

민우는 그런 세형을 가소롭다는 듯 지켜보다 그대로 몸을 돌려 건물 안으로 사라졌다.

세형은 경호원들에 의해 바닥으로 내동댕이쳐졌다. 차가운 바닥에 쓰러진 그의 머릿속에는 오직 한 가지 생각만이 무거운 쇳덩이처럼 자리 잡았다. 메타버스와 관련된 사고는 캣시월드 컴퍼니가 당연히 책임을 져야 한다고, 그 귀책을 증빙할 수 있는 내용을 자신이 반드시 찾아내겠다고.

그날 이후, 진세형은 연구자의 길을 버리고 '메타버스 전문 조사관'이라는 직업을 가진 첫 번째 사람이 되었다.

일주일 전, 세형은 사무실 문을 등진 채 눈이 내리는 창밖을 바라보고 있었다. 손에는 작은 액션카메라 하나가 들려 있었다. 창밖 풍경을 촬영해 캣시월드로 송신하는 장치로, 유독 눈 내리는 모습을 좋아하던 아내를 위해 그녀가 머무는 세계에 실제 풍경을 전송하기 위한 것이었다.

"예쁘게도 내리네. 당신 기분 좋겠다, 그렇지?"

아내의 반응을 보려고 벽에 붙은 모니터를 돌아봤다. 캣시월드에 갇힌 아내의 감정을 실시간으로 살피기 위해 세형이 특별히 고안한 장치였다. 직접 커뮤니케이션은 불가능하지만 그녀의 감정 상태를 색상으로 보여주게끔 설정했다. 무겁고 가라앉은 감정일수록 어둡게, 행복하고 즐거운 감정일수록 밝은 색상으로 표현되도록 만들었다.

하지만 모니터에 나타나는 색상은 언제나 탁한 회색빛이었다. 조금 밝아지거나 어두워지는 명도 변화는 있었지만 채도는 원래부터 존재하지 않았던 것처럼 색을 드러내지 않았다.

지금도 그녀가 좋아했던 풍경을 전송해주었는데도 모니터의 색은 조금 밝아졌을 뿐 별다른 색상 변화는 보이지 않았다. 그걸 확인한 세형의 눈시울이 붉어졌다.

갑자기 등 뒤에서 노크 소리가 나더니, 곧이어 망설이는 듯한 선호의 목소리가 들렸다.

"조사관님, 저, 캣시월드 컴퍼니 쪽에서 또······."

세형은 눈가에 맺힌 액체를 재빨리 훔쳐내곤 짜증스럽게 말을 뱉으며 돌아섰다.

"그쪽 의뢰는 안 받는다고 했잖아? 연락도 받지 말라고 내가 누누이······!"

세형의 말은 끝까지 이어지지 못했다. 선호를 지나쳐 사무실 안으로 들어선 한 사람 때문이었다. 아인슈타인 이후 세상에서 가장 유명한 과학자 중 한 명인 그레이스 한이 그를 향해 빠르게 걸어오고 있었다.

"그레이스 한 박사님……?"

어리둥절해하는 세형에게 그레이스가 손에 쥔 것을 불쑥 내밀며 말했다.

"죄송해요, 진세형 조사관님! 너무 중요한 일이라 실례를 무릅쓰고 이렇게 찾아왔어요!"

커다란 업적을 이룬 과학자이자 저명인사지만, 연구에만 정진해온 학자의 순수함이 묻어나는 말투였다.

그레이스는 세형의 눈을 직시한 채 다급히 말을 이었다.

"진 조사관님이 캣시월드에 반감을 갖고 계신 이유를 저도 알아요. 하지만 이걸 확인하시면, 보시고 나면, 분명히 마음이 바뀌실 거예요! 제발, 지금 당장 봐주세요!"

그레이스는 손에 쥔 마이크로 칩을 세형의 눈높이까지 들어올렸다.

— 박사님이 일단 검토하신 후 결과를 알려주시면, 제가 프로그래밍하고 테스트해보겠습니다. 가능하실까요?

— 알겠어요. 근데, 저도 지금은 프로젝트 여러 개가 물려 있는 상황이라서 당장은 힘들어요. 일단 급한 것들 먼저 마무리하고 살펴봐도 되죠?

— 물론이에요, 박사님! 고맙습니다! 민우, 아, 저희 부대표

는 우리 쪽 과오가 아니라고 했지만, 저는 차마 그냥 넘길 수가 없어서……. 아무리 좋은 곳이라고 하더라도 자유 의지로 드나들 수 있는 것과 아예 갇히게 되는 건, 너무 다르잖아요. 그런 상황의 원인을 제공한 제게 책임이 있을 수밖에 없고요……. 그분이 다시 현실로 돌아올 수 있게 해드리고 싶어요. 그러니까 꼭 좀 도와주세요, 박사님! 부탁드립니다!

녹화된 화상통화 화면 속에서 안재영이 멋쩍게 웃으며 세형을 바라보고 있었다.

실제 상황에선 그레이스를 향했을 표정이자, 지금 그레이스가 세형을 바라보는 것처럼 절실한 마음을 담아 상대에게 도움을 청하는 표정이었다.

7년 전 그날, 민우는 재영이 그레이스에게 도움을 청하려던 연락을 중단시키는 덴 성공했다. 하지만 시작과 동시에 끊긴 통화를 의아하게 생각한 그레이스가 그날 밤 재영에게 다시 연락할 거라곤 생각하지 못했다. 두 사람이 저런 합의를 한 후 연구를 지속해왔다는 것도 알지 못했다.

더불어 저런 대화를 나눴던 그레이스는 재영이 현실을 떠나 캣시월드에 영원히 머물기로 했다는 민우의 발표를 의심할 수밖에 없었다는 것도.

"그리고 조사관님. 전해드릴 소식이 하나 더 있어요."

그레이스의 말에 멈춰 있던 화면 속 재영에게 멍한 시선을 두고 있던 세형이 그녀를 돌아봤다. 그레이스는 확신에 찬 표정으로 세형을 마주 본 채 말을 이었다.

"우리 연구가 드디어 결실을 맺었어요! 안 대표가 코드 한 줄만 추가하면, 아내분의 저장소를 복구할 수 있을 거예요!"

세형은 방금 들은 말이 도저히 믿기지 않는다는 듯 미간을 찡그린 채 그레이스를 응시했다.

그때 멀찌감치 서 있던 선호가 깜짝 놀란 목소리로 외쳤다.

"엇! 조사관님, 모니터 색상이?!"

세형의 고개가 곧바로 모니터를 향해 돌아갔다.

탁한 회색으로만 가득했던 화면이 일출과도 같은 화사한 붉은빛으로 물들어 있었다.

우연이 만들어내는 운명. 운명 같은 우연.

우연의 힘은 위대했고 인류의 운명은 언제나 그렇게 예측 불허했다.

지금까지도. 그리고 앞으로도.

영상화가 기대되는 강력한 몰입감의 SF 미스터리

메타버스 개념 중심으로 펼쳐지는 SF는 기업 수뇌부의 음모를 다룬 미스터리를 거쳐 운명과 우연에 관한 드라마에 도달한다. 과학적 고증과 장르물의 쾌감 사이에서 절묘한 줄타기를 선보이는 작품. 일인칭 시점으로 진행되는 스토리는 몰입감을 높이고 끝까지 긴장을 놓치지 않은 채 인물의 감정에 독자들을 이입시킨다.

메타버스를 대중이 이용하는 제2의 세계라는 설정에서 한 단계 나아가, 개인의 '도피처'로 활용했다는 발상이 인상적이다. 메타버스를 장르적으로 활용하기 위해 3원칙을 제시하는 전략적인 장면에서는 「아이, 로봇」을 통해 로봇공학의 원칙을 마련한 아이작 아시모프가 떠오르기도 한다.

많은 메타버스 장르소설들이 가진, 설정 과다나 복잡한 세계관이라는 문제점을 작가는 세심하면서도 정제된 서술로 매끄럽게 해결

했다. 짧은 이야기로서도 몰입감이 대단하지만, 긴 호흡의 영화로 제
작된 모습을 기대하게 만든다.

메타버스, 우리의 미래 혹은 어느 평행세계의 이야기

소셜네트워크서비스와 게임에서 시작된 메타버스 열풍은 어느새 다양한 방식으로 우리네 삶에 자리 잡았습니다. 단순히 즐기던 오락거리를 넘어서, 이제는 기업들이 대중에게 다가가기 위한 브랜딩과 마케팅의 도구로도 활용되고 있습니다.

이 기세가 앞으로도 계속되어 더 큰 도약을 하게 될지, 아니면 급격하게 상황을 바꿔버리는 다른 무언가의 등장으로 쇠락의 길을 걷게 될지, 아직은 아무도 단언할 수 없습니다. 지난 인류의 역사에서 팩스와 인터넷이 그랬던 것처럼 말이죠(팩스는 등장 당시 미래의 비즈니스 영역은 물론, 생활에서도 필수품이 될 거라 예측되었지만, 인터넷의 등장은 그러한 전망을 완전히 뒤집어버렸습니다).

그렇기에 제가 상상한 이 이야기는 우리의 미래가 될 수도, 어쩌면 다른 가능성으로 뻗어간 어느 평행세계의 이야기가 될 수도 있습니다.

아직은 우리에게 오지 않은 미래, 그래서 더욱 궁금하고 미스터리한 그 세계.

그곳에서 일어날 법한 범죄를 아이작 아시모프를 좋아하던 제가 흉내 내어 그려보았습니다. 과학이 발달한 세상에서도 운명과 우연이 만들어낸 '사람의 이야기'를 독자분들도 흥미롭게 읽으실 수 있기를 바랍니다.

너무 한낮의 호러

이찬영

이찬영

영화 「반드시 잡는다」, 「한 번도 안 해본 여자」 시나리오를 집필했고, KBS 전설의 고향 「가면귀」, tvN 드라마 스테이지 「바벨 신드롬」 등 단막극을 집 필했다. EBS 애니메이션 「따개비 루」의 극본을 진행하기도 했다.

한국콘텐츠진흥원 스토리 작가 데뷔 프로그램을 통해 첫 장편소설 『피터 래 빗 죽이기』를 출간했다. 경북 영상콘텐츠시나리오 공모전에서 「마돈나가 왔 다」로 우수상을, 영진위 시나리오 마켓에서 「Too young」으로 최우수상을 받는 등 다수의 공모전에서 수상했다.

episode 1 죽은 새

　이상한 날이군.

　뒷좌석에 고성능 카메라를 싣고, 내비게이션의 지시에 따라 운전을 하는 수호의 머릿속은 복잡했다. 짧은 아침 시간 동안 불길함을 암시하는 징크스 세 가지가 연이어 일어났기 때문이다. 토스트에 잼을 바르려다 잼이 담긴 유리병을 깬 것은 약과였다. 셔츠 위에 전원이 켜진 다리미를 올려두었다는 사실은 탄내가 집 안을 가득 채우고 나서야 깨달았다. 마지막으로 집을 나서는데 뭔가가 물컹하고 발에 밟혔다. 새였다. 터진 복부에서 내장이 흘러나온 죽은 새. 진득하게 엉기기 시작한 피가 껌처럼 신발 바닥에 들러붙었다. 옆집 고양이의 짓일 것이다.

녀석은 호감을 이런 식으로 표현했다.

주인이 없으면 나를 돌봐주는 고마운 이웃 청년. 내가 사냥한 새야. 맛봐. 너무 고마워할 필요는 없어.

습성을 모르는 건 아니지만 고양이의 선물을 받는 것은 매번 비명을 지르게 되는 섬뜩한 경험이다. 오늘 아침 수호는 새를 밟고도 소리를 지르지 않았다. 소리를 지르지 않았다기보다 차마 소리가 나오지 않았다는 편이 더 정확할 것이다. 새를 밟고 그가 느낀 감정은 단순히 동물의 사체를 접했을 때 누구나 느낄 법한 본능적 불쾌감이 아니었다. 회한, 죄책감, 불안, 공포가 공장 폐수처럼 뒤섞인, 지독한 감정이 그의 목을 조여 왔다.

새의 죽음.

돌이킬 수 없는 비극이 벌어진 그날 이후 모든 게 바뀌었다. 새의 의미도, 그의 인생도. 갑작스럽게 몇 년째 해오던 영화 연출부 일을 그만뒀다.

그 일이 있기 전, 그의 마음은 영화에 대한 열정으로 가득했다. 영화 인생의 시작은 수상이었다. 아이폰으로 찍은 영상이 작은 영화제에서 상을 탔다. 수상은 심사위원이었던 남승현 감독의 연출부에서 일하는 행운으로까지 이어졌다. 자신이 만든 첫 영화를 관람했을 때, 수호는 평생 영화 일을 하겠다고 다짐했다. 객석에 앉아 관객들이 내가 만든 영화에 울고 웃는 것을 지켜보는 일, 그것은 창작자로서 평생 잊을 수 없는 뿌듯한 경험이었다.

"관뒀어? 허파에 바람이라도 넣은 것처럼 둥실 떠다니더니."

일을 그만뒀다는 말을 듣고 어머니는 아쉬워하셨다.

"어디 나사 하나 빠진 놈 같아도 생기 있어 보이고 좋더니만. 방구들에 눌어붙어 있지 말고 예전처럼 새 꽁무니라도 따라다녀."

연출부 일을 하기 전 수호는 희귀 조류를 찾기 위해 오지를 헤매고 다녔다. 이제 와서 새가 다 무슨 소용일까? 새를 찍는 일에도 시들해진 지 오래됐지만 어머니의 성화에 못 이겨 집을 나선 길이었다.

차는 어느새 산길로 접어들었다. 좁은 길 옆으로 늘어선, 제법 둥치가 굵은 나무들이 풍성한 가지를 뻗어 그늘을 드리웠다. 인가가 보이지 않는 산속, 빼곡한 나무들 사이로 내려앉은 깊이를 알 수 없는 어둠. 짙은 어둠을 보자 덜컥 두려워졌다. 수호는 어려서부터 그림자를 무서워했다. 그림자라는 검은 덩어리가 실은 자신을 흉내 내는 괴물은 아닐까? 아이다운 상상과 공포는 나이가 들어서도 사라지지 않았다.

갑자기 길 한가운데 누군가 나타났다. 급히 브레이크를 잡았지만 늦었다. 텅, 차체가 뭔가에 부딪치는 둔탁한 소리가 났다. 수호는 급정거로 인해 상체가 앞으로 확 기운 채 얼어붙었다. 사람을 친 걸까? 당장 차에서 내려 상황을 살펴야 하지만 엄두가 나지 않았다.

그대로 시간을 흘려보냈다. 뒤죽박죽이던 호흡이 안정되자 정신이 조금 돌아왔다.

이상해, 보통 이런 사고는 행인이 길가에서 차 앞으로 뛰어드는 바람에 발생하잖아. 그런데 차에 부딪힌 누군가는 분명 길 한가운데 홀연히 나타났어. 딸깍하고 스위치를 켜면 갑자기 모습을 드러내는 홀로그램처럼.

차에서 내리려는데 끼이익, 칠판을 못으로 긁는 것처럼 날카로운 소리가 들렸다. 귓바퀴를 타고 들어온 소리는 근육을 오그라들게 하고, 심장을 쥐어짰다. 눈을 들어 앞을 보니 차에 부딪힌 사람이 일어나 도끼로 보닛을 긁고 있다. 손도끼를 든 괴한이 불쑥 나타나 차에 뛰어들다니…… 수호는 무기를 든 자를 만났을 때 본능적으로 느껴지는 불길한 예감에 황급히 차 문을 걸어 잠갔다.

자해공갈단인가? 일부러 차에 뛰어든 후 보상을 요구하는 질 나쁜 사람들이 있다던데. 경찰에 신고할까? 블랙박스가 있으니까 내 무고를 증명할 수 있을 거야.

어떡하나, 생각을 하고 있는데 소리가 멈췄다. 무슨 예술가라도 되는 양 상체를 보닛에 딱 붙이고 세심하게 스크래치를 내던 괴한이 몸을 일으켰다. 그의 얼굴을 보자 엄청난 공포가 머릿속에 있던 여러 가지 생각들을 깡그리 밀어냈다.

저건 뭐지?

괴한은 눈, 코, 입이 없었다. 이목구비가 없는 얼굴은 껍질을 벗긴 삶은 계란처럼 매끈했다. 이상한 건 그뿐만이 아니었다. 그의 피부는 온통 검었다. 태양 빛에 그을린 구릿빛 피부와는 차원이 달랐다. 그는 피부가 검은 게 아니라 그냥 하나의 어둠이었다. 그는 사람이 아니었다. 모든 빛을 흡수하는 살아 움직이는 암흑 덩어리. 그것은 그림자였다.

뭔가 짚이는 것이 있는 수호는 고개를 돌려 차창 너머로 땅을 바라봤다. 예상대로였다. 자동차의 그림자는 있는데, 그 속에 있어야 할 수호의 그림자가 없었다. 어려서부터 갖고 있던 상상과 공포가 현실이 되어 나타난 것이다. 수호는 멍했다. 너무 비현실적인 일이라 어떤 대응을 해야 할지 언뜻 판단이 되질 않았다.

그림자가 그를 향해 다가왔다. 표정을 읽을 순 없지만 도끼를 그러쥔 자세나 걸음걸이에서 오싹한 살의가 느껴졌다.

도망가야 해!

그림자가 운전석 문 앞에 다다랐을 즈음에야 퍼뜩 정신이 들었다. 수호가 문을 있는 힘껏 열었다. 문이 열리는 기세에 그림자가 주춤했다. 기회를 틈타 차에서 내린 수호는 땅을 박차고 내달렸다.

산길은 거칠었다. 딴에는 전력 질주를 한다고 했지만 생각보다 몸은 더디 움직였다. 얼마 가지 못해 그림자의 거친 숨소리가 귓가에 닿을 듯 바투 다가왔다. 급한 맘에 허둥대던 수호는 발을 접질리고 말았다. 애써 중심을 잡고 걸음을 내디디려 하자, 전류에 감전이라도 된 듯 찌릿한 통증이 발목을 관통했다. 고통에 무릎이 저절로 꺾였다.

순간 휘이익, 뭔가가 뺨을 스치더니 바닥에 내리꽂혔다. 도끼였다. 그림자가 도끼를 휘두른 것이다. 오른손 끝에 도끼날의 서늘함이 느껴졌다. 도끼가 1센티미터만 더 왼쪽으로 날아와 꽂혔다면 오른손의 새끼손가락은 이미 손에서 떨어져 나갔으리라. 아찔함에 몸속 모든 장기가 목구멍까지 치솟았다 내려앉았다.

그림자는 힘이 셌다. 그림자가 어깨를 젖히자 수호는 풍뎅이처럼 뒤집혀 바둥거렸다. 그림자가 짓누르자 몸을 옴짝달싹할 수가 없었다. 수호의 얼굴 바로 앞에 그림자의 얼굴이 다가왔다. 가늠할 수 없을 만큼 깊고 짙은 어둠이 눈앞에 펼쳐졌다. 어둠은 블랙홀처럼 그를 집어삼킬 것 같았다.

"당신 뭐야?"

"……."

대답 대신 그림자의 얼굴이 마구 일렁이기 시작했다. 얼굴에 일어난 검은 파도는 조금씩 다른 형상을 만들어냈다. 코가 솟고, 동그란 눈이 생기고, 도톰한 입술이 돋아났다. 잠시 후 검은 파도가 멈췄다.

"너구나."

수호는 자기도 모르게 탄식 같은 한마디를 내뱉었다. 그림자의 얼굴은 더 이상 민둥하지 않았다. 그림자는 수호가 아는 누군가의 얼굴을 하고 있었다.

죽은 새는 너를 만날 거라는 암시였구나. 돌이킬 수 없는 그날의 비극이 결국 이런 결말로 끝이 나는구나.

그림자가 도끼를 높이 쳐들었다. 수호는 눈을 감았다. 운명을 순순히 받아들이겠다는 듯……. 도끼가 수호의 머리를 향해 떨어졌다. 후드득, 나뭇가지에 앉아 있던 새들이 일제히 날아올랐다.

episode 2 너무 한낮의 호러

승현은 사무실을 찬찬히 살폈다. 흥행 영화 포스터 잘 걸려 있고, 영화제 수상 트로피들 먼지 하나 없고, 사무실 오픈 때 배우가 보내준 화분도 테이블 위에 잘 놓여 있군. 그는 축하 메시지가 잘 보이도록 화분에 두른 리본을 살짝 매만졌다.

'영화사 설립을 축하드립니다. 영화배우 하정우.'

배우와의 친분을 노골적으로 내세우는 건 촌스러운가 싶어 화분을 치우려다가 그대로 뒀다. 이 정도는 해야 신인 작가의 콧대를 확실하게 눌러놓지.

영화감독이자 영화사 대표인 승현은 협상을 할 일이 생길 때마다 사무실로 사람을 불렀다. 사람은 권력 앞에 약한 존재다. 상대가 대단한 권위자라는 것을 알면 부당한 요구도 쉽게 승낙하고 마는……. 사무실로 불려온 신인들은 그의 흥행작과 수상 이력이 한눈에 보이는 이 방에 오면 순순히 계약서에 사인을 했다. 일방적으로 승현에게 유리한 계약서인데도 말이다.

승현은 실력보다 운이 좋은 편이었다. 이십 년 전 공모전 심사를 하다 발견한 신인 작가의 참신한 작품을 자신의 창작품인 양 포장해 내놓았다. 창의적이다, 유니크하다, 대한민국 영화계의 미래다. 작품에 대한 호평이 이어졌다.

영화과 동기들은 의아해했다. 남승현? 클리셰로 뒤범벅된 지루한 글이나 쓰던 놈이잖아. 맞춤법도 못 맞추는 애가 어떻게 그런 글을 쓴 거지?

승현은 자신을 향한 의구심을 잠재우고 흥행 감독이라는 명성을 유지하기 위해 계속 창의적인 작품을 내놓아야 했다. 그는 신인들의 반짝이는 아이디어를 훔치는 일을 멈출 수가 없었다. 표절 시비가 종종 일었지만 크게 문제 된 적은 없다. 세상은 유명 감독과 신인 작가의 싸움에서 감독의 손을 들어줬다.

아이디어가 우연히 일치했겠지. 신인들은 원래 피해의식 덩어리잖아.

확실한 증거를 내놓을 수 없었던 신인들은 억울함을 삼키고 소송을 취하했다.

승현은 며칠 전 시나리오를 사고파는 사이트에서 대본을 열람하다 무릎을 탁, 칠 정도로 맘에 드는 작품을 발견했다. 작품의 제목은 「너무 한낮의 호러」였다. 글은 놀라울 정도로 훌륭했다.

영화로 만들면 다시 한번 국제 영화제에서 수상할 수도 있겠어.

작가 프로필에는 '딴따라'라는 필명만 적혀 있었다. 평소 같으면 핵심 아이디어를 훔쳐서 외피만 바꾼 후 자기 글이라고 우겼겠지만 이번에는 그럴 수 없었다. 딴따라의 작품에는 결말이 없었다. 보통 클라이맥스만 봐도 결말이 그려지기 마련인데 이 이야기는 달랐다. 시퀀스마다 허를 찌르며 인물의 상황을 변주하는 바람에 도무지 끝을 종잡을 수 없었다. 나름 머리를 쥐어짜내서 글을 마무리 짓고 사람들에게 읽혔다. 평가는 처참했다.

"우와, 대박! 이거 누가 쓴 거예요? 근데 결말은 꼭 고쳐야겠네. 클라이맥스까지 잘 가다가 이야기를 갑자기 똥통에 처박은 기분이랄까."

결국 승현은 데뷔 이래 처음으로 작가의 작품을 구매하기로 했다. 그러나 한 가지 포기할 수 없는 것이 있었다. 자기 아이디어를 연출하는 창의력 높은 감독이라는 명성. 승현이 딴따라에게 제시할 계약서에는 이런 조항이 들어 있었다.

'을(작가)은 갑(감독)에게 저작권 및 작품으로 파생되는 모든 권리를 영구히 양도한다. 작품의 크레딧에는 을의 이름이 아닌 갑의 이름을 명기한다.'

한마디로 작품을 승현이 쓴 것으로 입을 맞추자는 내용이었다. 딴따라가 이 조항을 받아들인다면 돈은 얼마든지 지불할 생각이다. 과연 조건이 받아들여질까?

또각또각, 발소리가 들린다. 딴따라가 온 모양이다. 어떤 사람일까? 나의 고갈된 창작의 샘에 마중물이 되어줄 구원자는. 잠시 후, 문이 열렸다.

"안녕하세요? 감독님."

그녀는 전화상담원 같은 상냥한 하이 톤으로 인사를 한 후, 허락도 구하지 않고 풀썩 소파에 앉았다. 아니 앉았다기보다는 반쯤 드러누웠다는 게 맞는 표현일 거다.

"딴따라 작가님?"

"네, 제가 딴따랍니다."

작가들은 보통 창작과 고독의 늪에서 푹 삭힌 오이지 같은 느낌을 풍기게 마련이었다. 굽은 등, 생기 잃은 눈빛, 근력이 빠져나간 무력한 움직임……. 딴따라는 전형적인 작가의 모습과 많이 달랐다. 이십 대 중반쯤으로 보이는 그녀는 모델처럼 몸이 곧고 활기가 넘쳤다. 톰보이 스타일의 헤어, 스모키 화장, 해골 모양을 장식한 네일, 심하게 뜯어진 디스트로이드 진과 가죽 재킷.

한 성깔 하게 생겼군.

"감독님, 허세 있다는 이야기 많이 듣죠? 인테리어에 자기애가 뿜뿜이네. 배우가 선물한 화분은 너무 오버 아닌가?"

승현은 화가 치미는 것을 가까스로 눌렀다. 그녀가 무례해서 화가 난 건지, 의중을 정확하게 찔려서 무안한 건지 알 수 없었다.

"초면에 무례하네요. 아직 이름도 안 밝혔으면서……."

그는 최대한 점잖은 어조로 말했다.

"이름이 중요한가? 작가는 글이 명함인데."

"좋아요. 작품 이야기로 들어가죠. 작가님 글 잘 읽었습니다. 아직 미숙하고 부족한 면도 많지만 다듬으면 많이 좋아질 거 같아요. 다른 사람들은 다 별로라고 했지만 작가님 한번 만나 보자고 팀원들을 설득했습니다. 제가 원석을 알아보는 선구안이 있거든요."

딴따라가 승현을 빤히 쳐다본다. 승현을 만난 작가들의 시선은 보통 정착할 곳을 찾지 못하고 이리저리 방황했다. 대감독이 자신의 글을 어떻게 생각할까 불안했기 때문이다. 딴따라의 눈에는 평가를 받으러 온 자의 불안함 따위는 찾아볼 수 없었다. 날카로운 눈빛은 오히려 승현을 평가하고 있는 듯했다.

"미숙하고 부족하다. 어디가요?"

뜻밖의 반응이었다. 승현이 뭐라고 대꾸할지 몰라 우물쭈물하자 그녀가 계속 말을 이어갔다.

"제가 보기엔 감독님 최대 흥행작보다 훨씬 나은 거 같은데. 어디가 어떻게 부족한지 구체적으로 딱 꼬집어서 얘기해주시죠."

오만이 하늘을 찌르는군. 짜증이 났지만 딱히 반박할 거리를 찾지 못했다. 그녀의 말이 맞았다. 「너무 한낮의 호러」는 모든 면에서 완벽했다.

"가스라이팅으로 기 꽉꽉 죽여서 얼렁뚱땅 불리한 계약서에 도장 찍게 하려고 그러시는 건 아니죠?"

승현은 자기도 모르게 움찔했다.

"설마, 칸 레드 카펫을 두 번이나 밟으신 감독님이 그런 양아치일 리가, 하하."

딴따라가 웃었다. 웃음으로 상대의 기를 죽이는 독특한 재주가 있는 여자였다. 그는 지금 모욕이라는 물이 흘러나오는 샤워기 아래 발가벗고 서 있는 기분이었다. 어떻게 하지? 생각 같아서는 화를 내며 쫓아내고 싶지만 그렇게 하면 계약은 물거품이 된다. 그렇다고 내가 그런 양아치라고 솔직하게 시인할 수도 없지 않은가.

"이렇게 하죠."

딴따라가 문득 웃음을 거두고 말했다.

"게임을 해요."

"……."

"VR, 서바이벌, 호러, 게임."

그녀는 가는귀먹은 노인이라도 대하는 듯, 한 어절 한 어절 끊어서 정확하게 발음했다.

"게임이라니, 무슨 말이죠?"

"감독님이 게임을 해주시면 시나리오 무료로 드릴게요. 물론 엔딩 포함한 완벽한 대본으로."

정신병자군. 도대체 예상을 할 수가 없는 여자다.

"정신병자 같죠?"

"아니요, 좀 당황스럽네요. 힘들게 쓴 시나리오를 거저 내놓겠다니."

"재고 정리라고 해두죠."

뜬금없는 게임 제안도 이해가 안 가는데 시나리오를 내놓는 이유가 재고 정리라니. 딴따라의 말은 하나같이 수수께끼나 선문답 같았다.

"저 영화 관둘 거예요."

딴따라가 가방에서 주섬주섬 뭔가를 꺼냈다. 가방에서 나온 것은 VR 게임용 헤드셋이었다. 그녀가 스마트폰으로 VR 게임

앱을 보여주며 말했다.

"이게 제 미래예요. VR 게임 시나리오 작가. 출시 직전인데 감독님이 한번 해보시고 좋은 말씀 해주세요. 감독님처럼 인지도 있는 분이 평가해주시면 홍보에 큰 도움이 될 거 같거든요."

승현은 그제야 딴따라의 의도를 조금은 알 것 같았다. 게임 평과 시나리오를 맞바꾸겠다는 거다. 딴따라는 정말 글에 미련이 없는 걸까? 작가에게 글이란 자식과 같다고 하던데……

딴따라가 대답을 기다리며 승현을 빤히 쳐다봤다. 그 눈을 마주 보고 있자니 불현듯 눈이 어릿했다. 시야가 조금 뒤틀리는 것 같은 이상한 느낌이 들었다. 이놈의 노안. 승현은 노안을 탓하며 눈을 몇 차례 껌벅거렸다.

"어때요? 내 제안이."

"한번 해보죠."

머릿속은 답을 얻지 못한 질문들로 자욱했지만, 글을 갖고 싶다는 욕심이 앞선 승현은 대뜸 제안을 받아들였다. 에라, 모르겠다. 게임 한 판인데 뭐…….

episode 3 조류 공포증

헤드셋을 쓰고 전원을 켜자 승현은 어느새 숲속에 서 있었다. VR 게임의 비주얼을 본 그는 눈을 의심했다.

이게 게임 속 세상이라고? 너무 실감 나잖아.

지금까지 경험했던 VR 게임은 그래픽이 입체감 있게 펼쳐지긴 했지만 생김새와 움직임이 어딘가 회화적이었다. 움직이는 그림이랄까? 해상도가 떨어져 화면에 모기장 같은 격자가 보이는 일도 흔했다. 그것은 가상세계가 무수한 픽셀들의 집합체라는 증거였다.

그런데 이 게임은 달랐다. 마치 진짜 현실을 옮겨놓은 것처럼 모든 것이 생생했다. 색감, 질감, 공간감. 눈으로 확인할 수 있는 요소들이 현실감 넘치는 건 놀랍지만 이해하지 못할 일은 아니었다. 그러나 뺨을 스치는 바람, 따스한 햇살, 상쾌한 공기. 촉각과 후각 요소까지 생생하게 체험할 수 있는 것은 어떻게 가능한 것인지 도무지 짐작이 되지 않았다.

헤드셋을 장착해주며 딴따라가 했던 말이 떠올랐다.

"그동안 경험했던 거랑은 많이 다를 거예요. 엄청난 기술이 들어간 최신 버전이거든요. 컨트롤러도 필요 없어요. 센서가 감독님 모션을 다 캐치해요. 무서워도 걱정하지 마세요. 이제부터 일어나는 모든 일은 다 가짜니까."

딴따라가 했던 말을 곱씹고 있는데, 갑자기 검은 물체가 승현을 향해 공격적으로 날아왔다. 재빨리 몸을 낮췄다. 무엇이 나타나든 가짜인 것은 알지만 거침없이 돌진해오는 기세에 겁을 먹지 않을 수가 없었다.

바닥에 바짝 몸을 낮추고 있는데 등 뒤에서 푸드덕, 소리가 났다. 조심스럽게 일어나 뒤를 돌아봤다. 머리가 으깨져서 피범벅이 된 새 한 마리가 힘겨운 날갯짓을 하고 있었다. 그를 향해 날아오던 기세 그대로 바윗돌에 부딪친 모양이었다. 힘겹게 헐떡이던 새의 작은 가슴이 크게 한 번 부풀었다 멈췄다. 마지막 숨을 내쉰 것이다. 새의 죽음을 본 승현은 명치를 세게 얻어맞은 듯 숨이 턱 막혔다. 머리에서 시작된 소름이 발끝까지 퍼지는 데는 일 초도 걸리지 않았다.

언제부터인지 기억이 나지 않지만 그는 조류 공포증을 앓고 있었다. 조류 공포증, 말 그대로 새를 무서워하는 병이다. 치킨을 못 먹을 정도로 증상이 심해지자 아내는 정신과 치료를 권했다.

"보통의 경우 공포증은 과거의 경험이 원인이 되는 경우가 많습니다. 어떤 환자는 닭 잡는 걸 본 후, 증상이 시작됐대요. 목이 잘린 닭이 파닥거리며 날아다니는 모습이 큰 충격이었던 거죠."

의사는 새가 처음으로 무서웠던 때를 기억해보라고 했지만 아무리 애를 써도 머릿속이 하얗기만 했다. 승현의 진단명은 '인류의 내면에 내재된 원형적 공포'였다. 거창하고 추상적인 진단명이었지만 사실 새를 무서워하는 데 별다른 이유가 없다는 시시한 뜻이었다.

원형적 공포든 뭐든 새를 보는 것은 그에게 큰 고문이었다. 어느새 등이 식은땀으로 흥건했다.

삐삐삐, 시끄러운 경고음이 울리더니 어떤 여자의 목소리가 들렸다. 소리는 AI처럼 기계적이고 무덤덤했다.

— 포비아 요소에 대한 반응으로 라이프가 감소했습니다.

허공에 건전지 모양의 라이프 바가 떴다. 꽉 차 있던 라이프가 20% 정도 줄었다. 공포를 느끼면 라이프가 줄어드는군.

문득 딴따라가 게임을 모니터하고 있다는 사실이 떠올랐다. 귀신은커녕 겨우 새 한 마리에 벌벌 떠는 모습을 보고 한심해하고 있겠지.

"공포의 전조가 새라니 너무 식상하네. 히치콕의 오마주인가?"

애써 담담하게 말했지만 목소리가 떨렸다.

"새를 설정한 건 제가 아니에요."

헤드셋을 통해 딴따라의 목소리가 들려왔다.

"당신이 아니면 누구죠?"

"본인이 더 잘 알 텐데……."

내가 더 잘 안다니, 무슨 수수께끼 같은 소리지? 묻고 싶었지만 그럴 수 없었다. 전파에 교란이라도 왔는지 지직, 거친 소리가 들리며 연결이 끊겼다.

공포의 근원에서 멀어지기 위해 새를 등지고 걷던 그는 문득

한 가지 사실을 깨달았다.

이곳엔 그림자가 없다.

태양은 승현의 오른쪽에서 작열하고 있었다. 현실이라면 왼쪽에 그림자가 있어야 한다. 그런데 없다. 주변을 둘러보았다. 다른 사물들도 마찬가지였다. 나무도, 산도, 표지판도 모두 그림자가 없었다.

역시 가상은 가상이군. 그림자 같은 디테일까지 신경 쓰지는 못한 거야.

게임 속 목소리가 말했다.

— 게임 장소로 이동하시겠습니까?

허공에 'YES'와 'NO'가 적힌 터치패널이 나타났다. 승현은 손을 들어 'YES'를 터치했다.

episode 4 PLAYERS

승현을 둘러싼 공간이 순식간에 바뀌었다. 숲이 사라지고 바다가 나타났다. 바다는 물이 빠져서 갯벌이 드러난 간조 때의 서해 풍광을 담고 있었다. 비릿한 바다 내음, 발가락 사이로 바스러지는 모래, 습기를 머금어 눅눅한 바닷바람……. 이곳 역시 시각적 요소뿐만 아니라 후각, 촉각적 요소까지 생생했다.

그림자가 없다는 사실만 빼면 완벽한 바다 그 자체였다. 갯벌 뒤로는 펜션 단지가 펼쳐졌다.

대부도 펜션 시티잖아.

승현은 자신도 모르게 노래를 흥얼거렸다.

'대부도의 유럽으로 놀러 오세요. 이번 휴가는 신나게! 재밌게!'

반복적으로 듣다 보니 머릿속에 새겨진 홍보 음악의 가사처럼, 사만 평이 넘는 대규모 펜션 시티는 익스테리어가 유럽풍으로 꾸며져 있었다. 얼핏 보면 프로방스의 어느 마을에 와 있다는 착각이 들 정도였다.

승현은 입구에 있는 배치도를 살폈다. 한가운데 수영장, 공연장, 키즈랜드, 카페, 식당 등 각종 위락 시설이 있고, 그 주변을 각양각색의 펜션들이 둘러싸고 있었다. 펜션들은 건축 양식에 따라 지중해 동, 네델란드 동, 알프스 동, 스위스 동으로 나뉜다. 펜션촌을 벗어나면 족구, 서바이벌 게임, 사륜 오토바이 라이딩 등 레포츠를 할 수 있는 너른 들판이 펼쳐졌다.

휴양지에서 벌어지는 호러 서바이벌 게임이라……. 그는 영화인답게 예상되는 공포 신들을 차례차례 머릿속에 그렸다. 모두가 경계를 푼 평화롭고 아름다운 휴양지. 살육과는 전혀 어울리지 않는 아름다운 곳에 울려 퍼지는 날카로운 비명, 갑자기 나타나 날뛰는 살인마, 괴성을 지르며 도망 다니다 하나씩 죽어가는 수영복 차림의 사람들. 너무 뻔한 거 아닌가. 그의 상상대로라면 게임은 놀라운 현실감이 무색할 만큼 시시할 것이다.

생각에 잠긴 승현의 등 뒤에서 익숙한 목소리가 들렸다.

"감독님?"

승현이 돌아봤다. 그를 부른 것은 영화사 직원들이었다. 아니, 정확히 말하자면 영화사 직원들의 아바타였다. 조연출 택수와 홍일점 애린, 피디 정섭을 빼닮은 아바타가 놀란 눈을 하고 그를 쳐다보고 있었다. 놀라긴 승현도 마찬가지였다.

"니들이 어떻게……?"

승현의 질문에 대답이라도 하듯, 게임 속 목소리가 말했다.

— 플레이어들이 모두 입장했습니다. 60초 후 게임이 시작됩니다. 60, 59, 58…….

목소리는 특유의 무감한 어투로 영화사 직원들을 게임 플레이어라 지칭했다.

게임을 시작하기 전 승현이 딴따라에게 물었다.

"서바이벌이면 다른 사람들도 있어야 하잖아."

"걱정 마세요. 다 준비돼 있으니까."

"준비돼 있다? 어떤 사람들이지?"

"감독님이랑 똑같아요. 우연히 미출시 게임의 테스터가 된 사람들이죠."

휴일이라 각자의 휴식을 즐기고 있었을 직원들이 우연히 같은 시간에 미출시 게임에 테스터로 참여했다니, 우연이라고 하기엔 너무 꺼림칙했다.

"난 게임 시나리오 작가를 만났는데, 너희는 어떻게 게임을 하게 됐지?"

"감독님이 하라고 했잖아요."

게임 속에서도 과체중인 택수가 땀을 삐질 흘리며 말했다. 내가 시켰다고? 승현이 고개를 갸웃하며 기억을 되짚어보고 있는데 정섭이 답답하다는 듯 속사포로 말을 이었다.

"서울콘텐츠진흥원에서 공문 온 거 기억 안 나세요? VR 게임 테스트 참가 신청서. VR은 진흥원에서 팍팍 미는 사업이잖아요. 이거 참여하면 진흥원 투자 사업 지원 시 가산점이 있다고 하니까 감독님이 한 명도 빠짐없이 참여하라고……."

나이가 드니 몸도 기억도 뒤죽박죽이다. 정섭의 말이 사실이라면 지나친 우연도 조금은 이해가 됐다. 직원들은 게임에 참여하기 위해 일시에 게임에 접속한 것이다.

카운팅이 계속됐다. 숫자가 줄어들자 그냥 게임이라는 것을 알면서도 괜히 긴장이 됐다. 생각지도 못한 곳에서 생각지도 못한 타이밍에 뭔가가 튀어나오겠지. 귀신이든, 괴물이든, 미친 살인마든……. 모두 승현과 같은 생각을 하고 있는 듯했다. 택수는 바닥에 떨어져 있는 쇠파이프를 집었다. 평소 복싱을 하는 정섭은 가드를 올렸고, 애린은 두 손을 모으고 주님을 불렀다.

─ 3, 2, 1. 게임 시작!

카운팅이 끝나자마자 수풀에서 뭔가가 확, 튀어나왔다. 호기롭게 무기를 손에 들고 방어 자세를 잡았으나 사람들은 싸울 생각이 없었다. 튀어나온 그것의 실체를 파악하기도 전에 혼비백산해서 흩어졌다. 다들 약속이라도 한 듯 눈을 꼭 감고 있는데 소리가 들렸다.

멍멍.

수풀에서 나온 것은 강아지였다. 두 손으로 감싸 쥐면 손안에 쏘옥 들어갈 정도로 작은 강아지가 꼬리를 흔들며 친근감을 표시했다. 귀여운 모습을 보고 있자니 긴장이 탁 풀렸다. 주먹을 꼭 쥐고 있던 승현은 쇠파이프를 들고 있는 택수와 눈이 마주쳤다. 두 사람 사이에 무안한 기류가 흘렀다.

"무서워봤자 게임인데 하하, 부끄럽게 됐네."

"아휴, 감독님이 부끄러울 게 뭐 있습니까? 게임이 너무 현실적인 게 잘못이죠."

이 와중에도 택수는 승현을 두둔했다. 조연출인 택수의 일과는 감독인 승현에게 아부하는 것이 다라고 해도 과장이 아니었다. 사람들은 대감독인 승현이 택수 같은 무능력자에게 조연출을 맡기는 것을 의아해했다. 택수는 창의적인 일을 하기엔 너무 고루했고, 일머리가 없어 항상 허둥댔다. 사람이 진국이라고 둘러댔지만, 승현이 택수를 곁에 두는 진짜 이유는 스스로를 낮추는 택수의 태도 때문이었다. 수발드는 사람이 있어야 제왕이 된 느낌이 드는 이치랄까.

"이러고 있을 때가 아니에요."

정섭이 잔뜩 날이 선 어투로 말했다. 정섭은 택수와 달랐다. 아부를 하기는커녕 윗사람 대우도 제대로 하지 않았다. 정섭이 승현을 대하는 태도는 성가신 주민을 대하는 동사무소 민원처리 직원과 같았다. 고깝지만 승현은 정섭을 함부로 대할 수가 없었다. 영화사의 실무는 정섭이 도맡다시피 하고 있었다. 승현이 심사숙고해서 내린 결정보다 정섭의 즉흥적 직감이 항상 옳았다. 승현이 투자자들에게 PPT까지 보여주며 토하는 열변보다 정섭이 사적인 자리에서 슬쩍 건넨 몇 마디가 투자 유치에 더 큰 도움이 됐다. 무엇보다 정섭은 승현의 민낯을 알고 있었다. 모기처럼 젊은 신인들의 창의력을 흡혈해서 명성을 이어가는 한심한 가짜 감독의 민낯.

"공포 영화에서 첫 번째 서프라이즈는 항상 페이크잖아요. 진짜가 등장하는 시점은 페이크의 실체를 파악하고 주인공들이 긴장을 풀고 있을 때구요."

정섭의 말이 옳다. 공포 영화의 공식대로라면 진짜 공포의 대상이 출현할 시간은 바로 지금이다.

"으아악!"

난데없이 애린이 비명을 지르며 귀를 감쌌다. 시선이 일시에 애린에게 집중됐다.

"왜 그래?"

"안 들리세요? 지금 이 소리."

애린이 울부짖듯 말했다. 겁에 질린 애린은 평소보다 더 앙상해 보였다. '예민하다'라는 단어가 사람으로 태어난다면 그 사람이 바로 애린일 것이다. 애린은 항상 맹수에게 공격당하기 직전의 초식 동물 같은 표정을 하고 있었다. 승현은 한 번도 그녀가 마음속 구김이 펴질 정도로 활짝 웃는 것을 본 적이 없었다.

"애린아, 왜 이래? 무슨 소리가 들린다는 거야?"

승현이 다가가며 물었다.

"오지 마세요!"

애린은 소리를 지르며 다급하게 뒷걸음질 쳤다. 그녀의 시선이 승현의 등 뒤 어딘가를 향했다. 뭘 보고 놀랐는지 애린의 동공은 활짝 열려 있었다. 보지 말아야 할 무엇인가를 보기라도 한 거처럼.

딸꾹.

애린이 딸꾹질을 했다. 딸꾹질은 그녀가 불안할 때 보이는 증세였다. 승현이 애린의 시선이 향하는 곳을 돌아봤다. 너른 갯벌에는 아무도 없었다. 애린은 모노드라마를 연기하는 배우처럼 허공을 바라보며 떨고 있었다. 미친 건가? 승현이 애린의 정신 상태를 의심하는 사이, 뒷걸음질 치던 애린이 급기야 달리기 시작했다. 누군가에게 쫓기기라도 하는 것처럼.

"왜 저러죠?"

멀어지는 애린을 보며 정섭이 물었다.

"어디 하루 이틀이야? 또 히스테리가 도진 거지."

승현이 별일 아니라는 듯 말했다.

"며칠 전에도 우리가 모두 기억을 잃었다느니, 단합회가 어떻다느니, 헛소리를 하더라구요."

택수가 고자질하듯 슬쩍 말을 얹었다.

"가서 왜 그러는지 물어나 보죠."

행동파 정섭의 말이 떨어지자 모두 군말 없이 애린을 찾아나섰다.

사람들이 사라진 해변은 고요했다. 수제비 반죽처럼 매끈하던 갯벌에 느닷없이 발자국이 생겼다. 아무도 없는데 저절로 찍히는 발자국. 마치 갯벌 위로 투명인간이 걸어가고 있는 것 같았다. 발자국의 행렬은 펜션 시티를 향해 이어졌다.

episode 5 첨단 공포증

애린은 거친 숨을 내쉬며 수영장 선베드에 풀썩 주저앉았다.

숨을 곳을 찾아야 해. 술래에게 들키지 않을 완벽한 곳을.

벌써 삼십 분째, 숨을 곳을 찾아 펜션 시티 곳곳을 헤매고 다녔다.

그녀가 갯벌에 서 있는 술래를 본 것은 이명이 들리고 난 후였다. 처음에는 염불이나 주문처럼 알 수 없는 흐릿한 소리가 속닥속닥, 귓바퀴에 머물다 사라졌다. 이명은 점점 커졌다. 그러자 선명한 소리가 고막까지 전해졌다.

'꼭꼭 숨어라. 머리카락 보인다.'

익숙한 구전 동요일 뿐이지만 묘하게 소름이 끼쳤다. 기계로 음성 변조를 한 듯 소리는 심하게 왜곡돼 있었다. 남자의 소리인지 여자의 소리인지, 어른의 소리인지 아이의 소리인지조차 파악할 수 없었다. 다른 사람에게는 들리지 않고 자신에게만 소리가 들린다는 사실은 애린을 더 깊은 패닉 상태에 빠뜨렸다.

애린을 괴롭히던 이명이 일시에 뚝, 멈췄다. 귀를 감쌌던 손을 내리고 고개를 들자 멀리 갯벌에 뭔가가 보였다. 사람이었다. 갯벌 한가운데 한 남자가 서 있었다. 아니, 남자가 아닐지도 모른다. 검은 옷에 검은 모자, 검은 운동화. 온통 검은색으로 차려입은 탓에 사람이라기보다 하나의 검은 덩어리에 가까웠다.

사실 애린은 그의 생김새를 자세히 살필 수가 없었다. 그가 손에 쥔 것이 그녀를 압도했기 때문이다. 꽤 먼 거리였지만 애린은 알 수 있었다. 그가 손에 든 것이 날카롭게 날을 벼린 도끼라는 것을! 도끼를 보자 딸꾹질이 났다. 딸꾹질은 불안이 통제 범위를 벗어났음을 의미했다.

애린은 날카로운 것을 병적으로 두려워했다. 뾰족한 송곳을 보면 그것이 날아와 눈에 박힐 것 같았다. 누군가 날카로운 칼로 그녀의 배를 가르고 내장을 꺼내는 악몽을 얼마나 많이 꾸었던가. 악몽은 지나치게 생생했다. 꿈인데도 피비린내가 났고, 날카로운 통증이 느껴졌다. 애린은 첨단(尖端) 공포증 때문에 항상 겁에 질린 상태로 살아야 했다. 칼, 가위, 압정, 못, 서류 분쇄기. 세상에는 뾰족한 물건이 너무 흔했다.

가만히 서 있던 괴한이 그녀를 향해 걸어왔다. 그러자 다시 이명이 들리기 시작했다. 꼭꼭 숨어라, 머리카락 보인다. 순간 애린은 깨달았다. 도끼를 든 자가 바로 술래임을, 그가 게임의 빌런이란 사실도.

게임에서 죽는 건 아무래도 좋다. 하지만 아무리 가상이라도 도끼에 찢겨 죽을 수는 없었다. 그런 경험은 애써 고삐를 잡아 눌러온 공포증을 폭주하게 할 것이다. 그런 이유였다. 영문 모르는 플레이어들에게 해명도 하지 않은 채 도망을 친 것은.

사실 펜션 시티는 술래보다 플레이어들에게 유리한 장소였다. 곳곳에 숨을 곳이 넘쳐났다. 그러나 애린은 뾰족한 것이 없는 곳을 찾아야 했다. 뾰족한 것이 공포를 자극하면 딸꾹질이 툭, 튀어나올 것이다. 술래와의 대치 상황에서 딸꾹질이 나온다면 숨은 위치가 노출된다. 술래가 딸꾹질을 하는 자신의 머리에 도끼를 내리꽂겠지. 생각만 해도 아찔한 일이었다.

애린은 평소에 운동 따위는 전혀 하지 않은 자신의 몸뚱어리가 원망스러웠다. 공포에 질린 채, 돌아다니느라 계속 들숨만 쉰 탓에 과하게 부풀어 오른 허파가 목구멍으로 튀어나올 것 같았다. 지친 애린은 숨을 곳을 찾지 못하고 수영장 선베드에 주저앉고 만 것이다.

안 되겠어. 게임을 포기하자.

그녀는 헤드셋을 움켜쥐었다. 헤드셋을 뽑아서 강제로 게임을 종료할 심산이었다. 그런데 이상했다. 헤드셋이 벗겨지지 않았다. 삐삐, 요란한 알람 소리와 함께 경고의 목소리가 들렸다.

— 플레이어는 게임이 끝나기 전에 퇴장할 수 없습니다.

애린은 헤드셋을 벗으려는 시도를 멈추지 않았다. VR 기기에 달린 버튼을 마구 눌러보기도 했다. 결과는 똑같았다. 매번 억양 없고 무미건조한 목소리가 애린의 행동을 저지했다.

게임을 끝낼 수가 없다고?

유저가 임의로 끝낼 수 없는 게임에 대해서는 들어본 적이 없었다. 불길한 생각을 떨쳐낼 수가 없었다. 게임의 배경을 보고 문득 떠올랐지만 애써 억눌렀던 의문이 다시 고개를 들었다.

이 게임이 한 달 전 '그날'과 관련이 있는 게 아닐까?

애린은 게임 속 배경이 대부도 펜션 시티라는 것이 내내 찜찜했다. 대부도 펜션 시티는 한 달 전 연출부가 단합회를 가졌던 곳이다. 단합회를 갔다는 것은 알겠는데 거기서 무슨 일이 있었는지 좀체 기억이 나질 않았다. 불과 한 달 전의 일인데 어떻게 깡그리 잊을 수가 있을까? 말도 안 되는 일이지만 연출부 팀원들 전원이 그날을 기억하지 못했다. 그 사실을 이상하게 여긴 것은 애린뿐이었다.

재밌게 놀다 왔겠지. 너무 바빠서 기억이 안 나는 거야.

다들 대수롭지 않게 여겼다. 애린은 그럴 수가 없었다. 그녀는 기록광이었다. 매일 일어나는 모든 일을 세세하게 기록하고 자기 전에 그 내용을 복기하지 않으면 견디지 못하는 지독한 강박. 다이어리엔 매일의 하늘빛과 화장실 다녀온 횟수까지 꼼꼼하게 적혀 있었다. 그런데 단합회를 간 날의 기록이 사라졌다. 누군가 페이지를 뜯어냈는지 너덜너덜한 흔적만 남아 있었다.

다이어리에서는 사라진 '그날'이 스케줄표에는 분명하게 존재했다.

'연출부 단합회. 장소 대부도 펜션 시티. 참석 인원 5명.'

펜션 예약 내역, 각종 영수증, 내비게이션에 남아 있는 주행 경로. '그날'이 남긴 흔적들은 말하고 있었다. 영화사 직원들은 분명 단합회를 다녀왔다고, 단합회 참석 인원은 네 명이 아닌 다섯 명이었다고.

남 감독과 고 피디, 홍택수 선배와 나. 그 외에 한 명이 더 있었다는 이야기인데…….

애린은 그날 하필 블랙박스 수리를 맡긴 걸 후회했다.

단합회에 참석했을 법한 퇴사한 직원들의 이름을 하나하나 떠올리고 있는데 선베드 아래서 지이잉, 거친 모터 소리가 났다. 상념에서 깨어난 애린이 고개를 숙였다. 선베드 아래에는 예초기가 있었다. 예초기는 날카로운 칼날을 무섭게 회전시키며 그녀에게 다가왔다. 전원도 켜지 않은 예초기가 혼자 살아서 칼춤을 췄다.

딸꾹, 딸꾹, 딸꾹.

주체할 수 없는 딸꾹질이 연이어 났다.

더할 나위 없이 생생하지만 그래봐야 게임이야, 모두 가짜일 뿐이라고.

애써 마음을 진정시켰다. 들끓던 딸꾹질이 잦아들자 이번엔 드르륵, 무거운 쇳덩어리를 바닥에 끄는 소리가 들렸다. 수영장을 둘러싼 펜스 쪽에서 들리는 소리였다. 펜스 아래로 검은 운동화가 보였다. 운동화 뒤에서 무언가가 질질 끌리는 것을 보자 딸꾹질이 다시 시작됐다. 그것은 도끼였다. 술래가 도끼를 땅에 끌며 플레이어를 찾고 있었다. 술래와의 거리는 겨우 십 미터. 술래가 그녀를 발견하는 것은 시간문제였다.

술래는 수영장 안을 돌며 곳곳을 찬찬히 살폈다. 플레이어가 눈에 띄진 않았다. 문득 이상한 낌새를 느낀 술래가 선베드 앞에 우뚝 멈췄다. 불쑥 선베드 아래를 내려다봤다. 누군가의 눈이 술래의 눈과 딱, 마주쳤다. 술래가 손을 뻗더니 선베드 아래 있는 누군가를 거칠게 끌어냈다. 인형이었다. 술래는 실망한 듯 인형을 발치에 툭, 던지더니 발길을 돌렸다. 수영장을 거의 다 벗어났을 즈음, 공중에서 소리가 들렸다. 작지만 결코 놓칠 수 없는 소리가.

딸꾹.

술래가 천천히 위를 올려다봤다. 차양의 철제 프레임에 종잇장처럼 가녀린 여자가 매달려 있었다.

승현은 게임의 지나친 현실감에 질려버렸다. 미출시 게임을 다른 사람보다 먼저 접했다는 설렘도 사라진 지 오래다. 아무리 현실감이 중요하다지만 시체까지 이렇게 적나라하게 구현할 필요가 있을까?

애린의 두개골은 밤송이처럼 쩍 갈라져 있었다. 피에 젖은 뇌는 젤리처럼 흐늘거리며 바닥에 흘러나왔다. 승현은 올라오는 욕지기를 겨우 삼켰다. 비위가 약한 택수가 창고 안으로 달려갔다. 우웩, 속엣것을 게워내는 소리가 바깥까지 생생하게 들렸다. 택수와 달리 정섭은 침착했다.

"역시 애린이가 맨 처음이었어."

이 와중에 정섭이 뿌듯한 표정을 지으며 말했다.

"역시라니?"

"보통 공포 영화에서 제일 먼저 죽는 게 누구죠?"

"그거야, 금발의 미녀…… . 에이, 애린이가 미녀는 아니지."

"금발도 아니고 딱히 예쁘지도 않지만, 그래도 여자잖아요. 우리 중에서는 그나마 조건에 부합하는 인물이라고요."

"게임이 공포 영화의 공식에 맞춰서 진행된다는 건가?"

"그냥 가정해보는 거예요."

"고 피디 말이 맞다면 다음 피해자는 누굴까?"

"제일 겁쟁이, 아니면 무서울 것이 없다고 자만하는 캐릭터. 둘 중 하나인 경우가 많죠."

"어쨌든 조연이군."

"당연하죠. 주인공을 먼저 죽일 순 없잖아요."

주인공은 끝까지 살아남는다. 아무리 실험적이고 파격적인 영화라도 이 규칙을 어길 순 없었다. 주인공은 관객의 눈과 귀가 되어 대신 영화적 체험을 하는 존재다. 주인공을 죽인다면 영화가 진행될 수 없다.

우리들 중 굳이 따져보자면 누가 주인공일까?

승현이 그런 생각에 잠겨 있는데 택수가 허둥지둥 뛰어왔다.

"이상해요. 창고 안에 있던 물건들이 갑자기 없어졌어요."

"그게 뭐 어때서?"

정섭은 시큰둥했다.

"물건이 갑자기 뿅 하고 사라졌어요. 손도끼, 칼, 전지가위, 바닥에 있던 못들까지."

"잊고 있나 본데, 이거 다 게임이야. 너도 영화 만들면서 많이 봤잖아. CG로 뭔가를 만들어내기도 하고, 지우기도 하고……."

정섭의 말이 맞았다. 너무 현실적이라 자꾸 잊어버리게 된다. 우리가 게임을 하고 있다는 사실을. 물건들이 왜 사라졌는지는 모르겠지만 물건이 사라지는 게 불가능한 건 아니었다.

"감독님."

정섭이 승현을 부르더니 뭔가를 건넸다. 무심결에 받아든 승현은 기겁을 하며 펄쩍 뛰었다. 그것은 애린의 뇌였다. 뇌의 촉감은 상상하던 것 이상으로 끔찍했다. 따뜻한 피의 온기가 아직 남은 뇌는 살아있는 생물처럼 꿈틀거렸다.

"고 피디, 너 지금 뭐 해?"

"아무리 게임이라도 그렇잖아요. 시체는 추슬러줘야죠."

택수가 정섭의 말을 거들었다.

"맞아요. 애린이 지금 게임에서 나가서 모니터하고 있을 텐데, 자기 시체가 이 모양인 걸 보면 기분이 별로일 거예요."

"그걸 내가 왜?"

"아바타 장례도 장례잖아요. 어린 저보다는 감독님이 하시는 게 좋을 거 같은데……."

정섭이 승현을 빤히 쳐다봤다. 결재 서류를 올릴 때도 저런 눈빛이었지. 내가 다 알아서 할 테니 감독님은 도장이나 어서 찍으라는 채근의 눈빛.

승현은 어쩔 수 없이 뇌를 들고 애린이의 사체에 다가갔다. 눈을 질끈 감고 뇌를 다시 두개골에 넣으려는데 갑자기 어디선가 날갯짓 소리가 들려왔다.

푸드득푸드득.

소란에 눈을 뜬 승현은 눈앞에 펼쳐진 광경을 믿을 수가 없었다. 새까맣게 몰려든 새들이 일제히 손 위에 있는 뇌를 쪼아 댔다. 어떤 새는 뇌를 먹기 위해 날갯짓을 하며 체공 시간을 늘렸다. 그 바람에 승현은 날개로 연신 따귀를 맞아야 했다. 어떤 새는 발가락으로 승현의 팔뚝을 꼭 쥔 채 뇌를 쪼았다. 날카로운 발톱이 승현의 팔뚝 살을 파고들었다. 어떤 새는 재빨리 뇌의 조각을 획득한 다음, 승현의 머리 위로 날아가 천천히 만찬을 즐겼다.

삐삐삐, 알람과 함께 경고가 들렸다.

— 포비아 요소에 대한 반응으로 라이프가 감소합니다.

80%에서 70%, 70%에서 다시 60%로. 라이프가 급격히 줄어들었지만 승현은 소리조차 지를 수 없었다. 조류 공포증 환자에게 한 마리도 아닌 수십 마리의 새 떼가 몰려드는 공포를 무엇으로 형언할까? 감당할 수 없는 공포에 승현은 까무룩, 정신을 잃었다.

episode 6 지하 병동

승현은 퀴퀴한 곰팡이 냄새에 눈을 떴다.

여기가 어디지? 게임 속일까? 아니면 현실일까?

그림자가 있는지 확인하고 싶었지만 그럴 수 없었다. 그가 있는 곳은 주변을 분간하기 힘들 정도로 어두웠다. 어둠 속에서 들려오는 소리라고는 간헐적으로 이어지는 미약한 전자음뿐이었다. 몸을 움직여봤지만 꼼짝도 하지 않았다.

잠시 후, 눈이 어둠에 적응하자 흐릿하게나마 주변 상황이 보였다. 승현이 있는 곳은 어두침침한 지하 병동이었다. 불법으로 장기를 빼내는 장기 밀매를 소재로 영화를 찍었을 때, 꼭 이런 곳이 배경이었지. 어두침침하고 곰팡내가 가득한 곳, 소독도 하지 않은 메스에 피가 눌어붙어 있는 곳.

병실 한쪽 구석에 있는 소파에는 건장한 사내가 앉아 꾸벅꾸벅 졸고 있었다.

목을 돌려 거울에 비친 자신의 모습을 본 승현은 깜짝 놀랐다. 승현은 머리에 전극을 잔뜩 꽂은 채 허름한 침상에 누워 있었다. 전극에는 전선이 달려 있고, 그 전선은 다시 침상 옆에 있는 정체 모를 기계에 연결되어 있었다. 어둠 속에서 들리던 전자음은 이 기계가 내는 소리였다. 몸을 움직일 수 없는 것은 옷 때문이었다. 승현은 구속복을 입고 있었다. 그것은 중증 정신질환자들이 폭력을 휘두르거나 자해하는 것을 막기 위해 개발된 특별한 옷이었다. 긴 소매를 등 뒤로 돌린 후, 소매 끝에 있는 자물쇠를 고정하면 몸은커녕 손가락 하나도 까딱할 수 없었다.

같은 꼴을 하고 침상에 누워 있는 사람이 더 있었다. 승현의 오른쪽에는 택수가, 왼쪽에는 정섭이 누워 있었다. 맞은편에는 애린이 보였다. 다들 머리에 전극을 주렁주렁 달고 있는 꼴이 괴수 영화에 나오는 네 마리의 심해 괴물 같았다. 침상마다 바이털 사인을 나타내는 모니터가 있었다. 바이털 사인은 모두 비슷한 파동을 그리고 있었다. 단 한 명만 빼고. 애린의 뇌파 측정기에는 파도가 아닌 직선이 그려지고 있었다.

설마, 애린이 뇌사 상태에 빠진 건 아니겠지.

게임 속 애린의 아바타는 두개골이 깨져서 죽었다. 침상에 있는 애린은 뇌파가 멈추긴 했지만 두개골은 멀쩡했다. 그렇다면 여기는 게임 세상이 아니란 얘긴데……. 그런 생각을 하고 있는데 육중한 쇠문이 끼이익, 불쾌한 비명을 지르며 힘겹게 열렸다. 안경을 쓴 남자가 호들갑을 떨며 들어왔다. 인기척에 졸고 있던 덩치가 벌떡 일어났다.

"무슨 일이야?"

"남승현 플레이어가 아바타에서 분리됐어! 공포 반응에 몸을 떨다가 전극이 떨어졌나 봐. 실장님 오시기 전에 빨리 해결해."

덩치가 승현의 침상으로 다가왔다. 수많은 전선 가닥을 뒤져 전극이 떨어진 것을 찾더니 승현의 머리에 다시 붙였다. 그러자 승현의 정신이 아득해졌다. 멀어지려는 의식을 간신히 붙잡고 있는데 누군가가 나타났다.

"실장님!"

덩치와 안경잡이가 벌떡 일어나 머리를 조아린다. 시야가 흐리고 울렁거려 겨우 실루엣 정도만 확인할 수 있었지만, 실장이라 불린 사람은 분명 여자인 것 같았다. 실루엣이 가늘고 고왔다.

"연결했습니다. 다시는 분리되지 않을 겁니다."

덩치가 보고했다.

"수고했어."

전화상담원처럼 상냥한 목소리. 이상하게 귀에 익은 소리였다.

실장이 침상으로 다가왔다. 승현은 실장의 모습을 보기 위해 눈을 잔뜩 찌푸렸다. 순간 실장의 손이 선명하게 보였다. 곱고 긴 손가락 끝에 해골이 장식된 네일. 그것을 보자 승현은 목소리를 어디서 들었는지 떠올랐다. 승현의 사무실에서 시나리오를 걸고 게임을 제안하던 목소리. 목소리의 주인은 딴따라였다.

"너무 어둡네. 불 좀 켜지."

딴따라의 말에 덩치가 움직였다. 승현은 온몸의 힘을 끌어모아 눈꺼풀을 부릅떴다. 불이 켜지면 알게 될 것이다. 이곳에 그림자가 있는지, 없는지.

딸깍, 스위치가 켜졌다. 동시에 눈꺼풀이 더 이상 버티지 못하고 스르르 감겼다.

episode 7 밀실 공포증

승현은 삐그덕 소리에 눈을 떴다. 그는 지하 병동이 아닌 이

인용 소파에 누워 있었다. 그가 뒤척일 때마다 늙은 소파는 힘에 겨운 듯 비명을 질러댔다.

여긴 또 어디지?

승현이 공간을 둘러봤다. 두 평 남짓한 공간에 사무용 책상과 의자, 소파와 테이블이 빼곡하게 들어찼다. 한쪽 벽에는 CCTV 모니터가 있었다. 모니터 화면에는 펜션 시티 곳곳의 모습이 보였다. 승현이 눈을 뜬 곳은 펜션 시티의 경비실이었다.

돌아왔구나, 게임 속으로.

택수와 정섭은 나란히 앉아 CCTV 모니터를 뚫어져라 쳐다보고 있었다. 이렇게 협소한 공간에 사내 셋이라니. 비대한 택수 탓에 공간은 더욱 갑갑했다.

"일어나셨어요? 갑자기 쓰러져서 걱정했어요."

택수가 다가오며 걱정스러운 투로 말했다.

"괜찮아, 뭐 하고 있어?"

"적의 동태를 살피고 있어요."

정섭이 모니터에서 눈을 떼지 않고 말했다.

"적의 동태?"

"애린이처럼 속수무책으로 당할 순 없잖아요. 살인자가 어디 있는지 파악하고 대책을 세우려고요."

승현은 지하 병실에서 겪은 일을 이야기하려다가 그만뒀다. 꿈이나 환각일 수도 있었다. 게임에서 죽으면 뇌사 상태가 되

다니. 확실하지도 않은 이야기를 해서 괜히 불안을 자극할 필
요는 없지 않은가.

몸이 으슬으슬 떨렸다. 열린 문을 통해 쌀쌀한 바람이 들어
왔다. 사십 대 후반에 들어서면서 승현은 찬 바람이 불면 뼈마
디가 쑤신다는 어머니의 말이 무슨 말인지 통감하기 시작했다.
문을 닫으려는데 택수가 저지했다.

"그냥 열어두시면 안 될까요?"

택수의 모습이 낯설었다. 승현에게 택수는 항상 예스맨이었
다. 어떤 말에도 무조건 동의하고 맞장구를 치는 자신의 졸개.

"몸이 안 좋아서 그래. 네가 좀 이해해주라."

다시 문을 닫으려 했지만 택수의 손은 완강했다.

"죄송해요, 감독님. 제가 밀실 공포증이 있어요."

"밀실 공포증?"

"밀폐된 공간에 있으면 막 숨이 막히고, 죽을 것 같고……."

밀실 공포증이라. 공포 영화에서 밀실 공포는 흔한 소재다.
「패닉 룸」, 「큐브」, 「베리드」, 「쏘우」. 작은 공간에 인물을 가두
면 귀신이 굳이 등장하지 않아도 주인공은 패닉에 빠진다. 공
간이 작을수록 공포의 강도는 더 강했다. 저예산 호러를 만들
때 즐겨 썼던 설정이지만 밀실 공포증을 앓고 있는 사람을 직
접 만난 적은 없었다.

의외로 가까운 곳에 있었군, 밀실 공포증 환자가.

승현은 문득 공포증은 과거의 나쁜 경험이 원인이 된다는 정신과 의사의 말이 떠올랐다.

"밀실이 왜 무섭지? 밀실에 갇혔던 경험이라도 있었던 거야?"

택수가 머리를 긁적이며 말했다.

"아버지가 여기보다 더 작은 경비실에서 경비 일을 하셨어요. 어머니는 고속도로 통행료 수납원이라 손바닥만 한 부스에서 일하셨고요. 어린 저를 맡길 곳이 없었던 부모님은 저를 항상 일터에 데리고 가셨죠. 저는 경비실과 부스가 싫었어요."

"그렇군. 어린 마음에 오죽 갑갑했겠어?"

"갑갑한 건 괜찮아요. 정말 무서운 건 거기서 영원히 벗어날 수 없을지도 모른다는 생각이에요. 돌아가실 때까지 경비실을 벗어나지 못한 아버지처럼……."

택수가 아버지 생각에 눈시울을 붉혔다. 승현도 덩달아 코가 찡했다.

택수에게 밀실은 가난이었다. 아무리 발버둥 쳐도 벗어날 수 없는 가난.

CCTV 모니터를 몇 시간째 지켜보고 있었지만 생쥐 한 마리 보이지 않았다. 무료한 승현은 경비실을 구석구석 살펴보기 시작했다. 매번 감탄하지만 이 게임은 쓸데없이 사실감이 넘친단 말이야. 오래된 종이 냄새가 나는 서류철, 천장 모서리를 차

지하고 있는 거미줄, 냉장고 냉동 칸에 얼어붙은 성에, 김밥천
국 스티커에 적혀 있는 깨알 같은 메뉴들. 그런 것들 사이에서
낡은 문서 하나를 발견한 승현은 깜짝 놀랐다. 별로 중요한 것
이 아니라는 듯, 전단지와 함께 아무렇게나 구겨져 뒹굴고 있
던 문서에는 이런 제목이 붙어 있었다.

'「너무 한낮의 호러」 게임 설명서.'

승현이 정섭과 택수를 다급하게 불렀다.

"이것 좀 봐. 게임 설명서야!"

정섭과 택수가 우르르 몰려왔다. 승현이 큰 소리로 문서를
낭독했다.

"첫째, 이 게임은 서바이벌 호러 게임이다. 플레이어들은 술
래에게 잡히지 않고 살아남아야 한다. 마지막 한 명의 생존자
가 남을 때까지 게임은 계속된다. 둘째, 술래는 게임 플레이어
모두가 아는 자다. 술래는 플레이어들에게 원한을 갖고 있다.
셋째, 게임에서 죽으면 영원히 게임 속에 갇히게 된다."

여기까지 읽었을 때, 정섭이 끼어들었다.

"술래? 이 게임이 술래잡기였어?"

택수도 걱정스러운 듯 말했다.

"게임에서 죽으면 게임 속에 갇힌다니, 설마 진짜는 아니
겠죠?"

승현은 지하 병실에 누워 있던 애린을 떠올렸다. 심장은 뛰

지만 뇌는 멈춰, 반송장 상태로 누워 있던 애린이.

"뇌사야."

승현은 자기도 모르게 말했다.

"네? 그게 무슨 말씀이세요?"

어쩌면 지하 병동에서 겪은 일이 꿈이나 환각이 아니라 사실일지도 모른다. 그렇다면 택수와 정섭도 사실을 알 필요가 있다. 승현은 최대한 침착하게 지하 병동에서 본 것을 이야기 했다.

다 듣고 나서 택수가 짚이는 게 있다는 듯 말했다.

"복수예요. 누군가 VR 게임을 통해 우리에게 복수하는 거라구요."

"설마, 그딴 엉터리 소문을 믿는 거야?"

정섭이 어이가 없다는 듯 말했다.

"소문이라니?"

"뉴스 안 보셨어요? 한동안 화제였잖아요. VR 게임을 플레이한 뒤 뇌사에 빠진 사람들."

정섭이 승현을 이해가 안 간다는 표정으로 쳐다보며 말했다. 승현은 정보에 어두웠다. 인터넷에서도 자기 기사만 검색할 뿐 세상 돌아가는 것에는 도통 관심이 없었다. 승현을 위해 정섭이 가르치는 어투로 부연 설명을 덧붙였다.

"몇몇 네티즌들이 복수대행업체의 소행이라고 억측을 하고 있어요. 뇌신경을 파괴하는 VR 게임을 통해 의뢰인의 복수를 대신 해주는 비밀 단체가 있다고……."

택수가 살짝 갈라진 목소리로 말했다.

"애린이가 그랬어요. 우리가 한 달 전에 대부도 펜션 시티에서 단합회를 했다고. 처음에는 헛소리라고 생각했어요. 그런 게 있을 수 없잖아요. 아무도 기억하지 못하는 단합회라니."

이어 택수는 문득 뭔가가 떠올랐는지 혼잣말을 했다.

"혹시, 그 문자도?"

"문자라니?"

정섭이 묻자, 택수가 생각에 잠긴 표정으로 기억 속 문자의 내용을 읊었다.

"며칠 전 어머니한테 온 문자를 몰래 읽었어요. 수술 후, 관리는 잘하고 있느냐? 아드님한테 부작용이 있으면 재방문하셔라."

"수술? 무슨 수술?"

"그때는 무슨 소린지 몰랐는데, 이제 알겠어요. 그게 무슨 수술인지. 문자를 보낸 사람은 해린정신병원의 의사였어요."

해린정신병원. 세상사에 어두운 승현도 그 병원의 이름은 들어본 적이 있었다. 국내 최초로 기억 제거술을 개발해 유명한 곳이었다.

"설마 너 지금 말하려는 게…… 누군가 우리한테 복수를 하는데, 우리가 기억 제거술을 받아서 그놈이 누군지 모른다. 뭐 그런 거야?"

정섭이 따지고 들자, 택수가 말없이 고개를 끄덕였다.

"야, 말이 되니? 기억 제거술은 아직 실험 단계야. 실험 단계에 있는 위험한 수술을 한 명도 아니고 우리 넷이, 단체로 가서 받았다고? 백번 양보해서 그랬다 쳐. 도대체 누가 우리에게 원한을 가졌다는 거야?"

"제5의 인물이겠죠."

"제5의 인물?"

"애린이가 말했어요. 단합회 참여 인원이 네 명이 아니라 다섯 명이라고, 우리 말고 한 명이 더 있었다고. 제 생각엔 연출부에서 잘린 애들 중 하나일 거 같아요."

"누구? 지희? 남주? 수호?"

정섭이 연출부에서 나간 스태프들의 이름을 쭉 나열했다. 한 아이의 이름을 듣자 승현은 가슴이 뜨끔했다.

박수호, 그 아이라면 이런 일을 벌일 수도 있을 것이다.

수호는 영화를 사랑했다. 택수나 애린이와 달리 재능도 뛰어났다. 딱 꼬집어 이유를 말할 수 없지만 승현은 수호가 싫었다. 이런저런 핑계로 수호를 해고한 뒤, 영화판에 나쁜 소문을 퍼뜨렸다. 수호가 여배우에게 치근대는 지저분한 녀석이라고. 소문은 무서웠다. 수호는 다른 모든 영화사에서 취업을 거부당했다. 승현은 그것이 얼마나 잔인한 일인지 알고 있었다. 수호는 영화 일을 하지 않으면 살아도 사는 게 아닐 거라고 입버릇처럼 말하곤 했으니까.

아닐 거야. 사람을 뇌사에 빠뜨릴 만큼 모진 녀석은 아니었어. 승현은 머리를 세차게 흔들었다.

"들어봐, 아직 게임의 규칙이 하나 남았어."

승현이 게임 설명서의 마지막 문장을 한 글자 한 글자 힘주어 읽었다.

"넷째, 게임은 플레이어의 포비아 요소로 이루어져 있다. 플레이어가 죽으면 포비아 요소도 사라진다."

정섭이 무릎을 탁 쳤다.

"그래서 없어졌군요."

승현이 의문 가득한 표정으로 정섭을 바라봤다.

"뾰족한 것들요. 애린이는 날카로운 것을 무서워했어요. 애린이가 죽어서 그것들이 모두 사라진 거예요."

정섭이 말을 마치자 승현이 주변을 둘러봤다. 정말 그랬다. 그 흔한 문구용 가위나 커터 칼 하나 찾을 수 없었다. 게시판에는 압정을 꽂았던 자국만 남아 있을 뿐 압정은 보이지 않았다.

승현은 그제야 딴따라가 했던 수수께끼 같은 말이 무슨 뜻인지 깨달았다. 공포의 전조로 새를 설정한 게 승현 자신이라는 말. 새는 승현의 포비아 요소였다. 승현이 플레이어 중 한 명이

기 때문에 게임에 새가 등장한 것이다.

"감독님은 조류 공포증, 저는 밀실 공포증. 고 피디님은 뭘 무서워하세요?"

택수가 정섭에게 물었다. 정섭은 태연하게 유리문에 기대며 말했다.

"나? 나는 그런 거 없어."

챙챙챙!

정섭의 말이 끝나기도 전에 누군가 요란하게 유리문을 두드렸다. 유리문 쪽을 본 택수와 승현은 할 말을 잃고 그대로 얼어붙었다. 무서운 게 없다던 정섭은 책상 위로 펄쩍 뛰어올랐다.

"장르가 갑자기 바뀌었네요. 연쇄 살인물에서 좀비물로!"

정섭은 좀비가 흔들어대는 바람에 자꾸 열리려는 문고리를 힘겹게 잡고 말했다. 게임 속 좀비는 익히 영화에서 보아오던 모습처럼 끔찍했다. 희번덕거리는 눈, 피로 물든 날카로운 송곳니, 짐승 같은 으르렁거림, 관절이 꺾이는 기묘한 움직임. 한 가지 전형적인 좀비 영화와 다른 점이 있다면, 좀비가 비키니를 입은 섹시한 미녀라는 점이었다. 보통의 영화 속 좀비는 위생에 신경 쓰지 않고 거리를 돌아다니느라 노숙자 같은 행색을 하고 있기가 일쑤였다. 승현의 눈앞에 있는 좀비는 좀비만 아니라면 지나가는 남자들이 모두 돌아볼 정도로 뛰어난 몸매

와 미모를 갖추고 있었다. 좀비와 미녀. 언뜻 이질적 요소의 만남 같지만 생각해보면 아주 말이 안 되는 설정도 아니었다. 어쨌든 배경이 휴양지니까.

승현이 이 긴박한 순간에도 스토리텔링상의 개연성을 따지고 있는 사이, 택수는 구석에서 무릎을 끌어안고 괴로워했다. 갑작스러운 좀비의 출현으로 문을 모두 봉쇄하고 유리창도 다 가려야 했다. 좁은 경비실은 그야말로 완벽한 밀실이 됐다.

택수를 안쓰럽게 쳐다보던 승현이 제안을 했다.

"나가자, 우리는 셋이고 상대는 하나야. 승산이 있어."

택수가 동조의 의미로 끄덕이는데 정섭이 기겁을 했다.

"안 돼요!"

냉담한 정섭답지 않게 목소리가 떨렸다.

"왜?"

"그게, 좀비잖아요. 좀비는 힘이 무지 세다구요. 혼자서도 거뜬히 우리 셋을 먹어치울 거야."

"그렇다고 이대로 있을 순 없잖아. 공포증에 시달리면 라이프를 잃게 돼. 이대로 두면 택수가 죽는다고."

정섭과 승현이 실랑이를 하고 있는데, 갑자기 택수가 발작하듯 소리를 질렀다.

"으아악!"

"왜 그래?"

"공간이, 공간이 줄어들고 있어요!"

정말 그랬다. 경비실이 점점 작아지고 있었다. 천장과 바닥이, 마주 보는 벽들이 서로 가까워지고 있었다. 얼마 지나지 않아 정문 쪽에 있던 소파가 뒷문 쪽에 있는 캐비닛과 만났다. 천장에 달린 전등이 눈에 닿을 듯 가까워졌다. 세 사람은 가구 위로 올라갔다. 이 와중에도 미녀 좀비는 경비실 문을 두드리는 것을 멈추지 않았다.

줄어드는 집이라니, 이대로라면 두 평짜리 경비실이 성냥갑이 되는 것은 시간문제였다. 좀비에게 물리거나 술래에게 잡히기 전에 세 사람 모두 목뼈가 부러져 죽고 말 것이다. 비지땀을 흘리며 벌벌 떨던 택수가 벌떡 일어나 문으로 갔다.

"안 되겠어요. 저 나갈래요."

이번엔 정섭이 완강히 막아섰다.

"안 돼. 밖에 좀비 안 보여?"

"나가야 해요. 보내주세요. 여기 있으면 다 죽어요!"

실랑이를 하는 사이 밀실은 더 좁아졌다. 벽에 바짝 붙어 있었지만 금세 세 사람의 몸이 서로에게 닿았다. 택수의 몸에서 나오는 더운 열기가 피부로 느껴졌다. 정섭이 즐겨 쓰는 머스크 향이 역하게 코를 찔렀다.

결국 택수는 완전히 이성의 끈을 놓고 말았다.

철컥.

택수가 문고리를 돌리는 소리가 유난히 크게 들렸다.

"나갈 거야!"

픽, 턱.

불쌍한 택수는 밖으로 나갈 수가 없었다. 정섭의 주먹이 날아왔기 때문이다. 복싱으로 다져진 단단한 주먹은 택수의 관자놀이에 정확하게 박혔다. 택수는 쓰러지며 바둑판 모서리에 머리를 찧었다. 바둑판 위의 수많은 집이 순식간에 붉은 피에 점령당했다. 택수는 억, 소리도 못 내고 그대로 숨을 멈췄다. 동시에 경비실도 줄어드는 기세를 멈췄다.

"주, 죽은 거야?"

승현은 택수의 죽음을 믿을 수가 없었다. 정섭은 택수를 쳤을 때의 얼얼한 감각이 아직 남아 있는 주먹을 부르르 떨었다. 애린이 죽었을 때와는 상황이 달랐다. 애린이 죽었을 때는 그저 아바타가 죽었을 뿐이라고 여겼다. 게임 설명서와 지하 병동 이야기를 종합해보면 게임 속의 죽음은 수감을 의미했다. 몸에서 떠나온 영혼이 영원히 게임이라는 감옥에 갇히는 수감.

게임 속 목소리가 들려왔다. 사람이 죽어나간 상황에 어울리지 않는, 무감하고 건조한 소리였다.

— 홍택수 플레이어 게임 오버. 현재 남은 플레이어는 두 명입니다.

택수의 죽음에 대한 애도는 잠깐이었다. 충격은 뜻밖에 안도로 바뀌었다.

이제 두 사람. 한 명만 더 죽으면 된다. 둘 중 한 사람은 게임의 승자가 되어 이 끔찍한 곳을 벗어나게 될 것이다.

같은 생각을 했을까? 정섭과 승현의 눈이 마주쳤다. 마주친 시선에 기묘한 광기가 흘렀다. 두 사람은 서로를 견제하며 주변을 재빠르게 훑었다. 무기가 될 만한 것을 찾아야 해. 둘은 손으로 더듬더듬 집어들 것을 찾으며, 속내를 숨기기 위해 의미 없는 대화를 주고받기 시작했다.

"정말 진부한 공포 영화의 스토리 진행이네요."

"그러게, 공포에 질린 사람들은 결국 서로를 공격하지. 한 번쯤은 힘을 합쳐서 적과 싸워볼 만도 한데 말이야."

"원래 사람이 제일 무서운 법이죠."

옷장에서 튀어나오는 귀신보다 익숙한 존재의 낯선 변화가 더 무섭다. 싸워 이겨야 하는 적보다 아군의 변심이 더 뼈아프다.

정섭은 야구방망이를, 승현은 재떨이를 찾아 쥐었다.

여차하면 공격하려고 서로를 살피고 있는데 지지잉, 지진이라도 일어난 듯 지축이 흔들렸다. 동시에 경비실이 무너져 내리기 시작했다. 아니, 정확히 말하자면 경비실을 구성하고 있던 픽셀이 사라지기 시작했다. 경비실은 장난감으로 만든 집 같았다. 레고 블록 대신 픽셀로 조립된 집.

"어떻게 된 거지?"

"플레이어가 죽으면 해당 플레이어의 포비아 요소도 사라지잖아요. 밀실이 사라지고 있는 거예요."

무너지고 있는 것은 비단 경비실만이 아니었다. CCTV 모니터를 보니 펜션 단지 내에 있는 모든 건물이 사라지고 있었다. 하긴 모든 건물은 크게 보면 모두 밀실인 셈이었다. 밀실의 소멸은 곧 보호막의 소멸을 의미했다. 술래든, 좀비든 적으로부터 플레이어를 보호해주는 보호막. 프로방스 풍의 건물들이 사라지자 펜션 시티는 순식간에 공터로 변했다.

불현듯 픽셀이 사라져 생긴 구멍으로 좀비가 상체를 불쑥 들이밀었다. 좀비는 승현의 목을 그러잡고 날카로운 이빨을 드러냈다. 순식간에 일어난 일이었다. 정섭은 들고 있던 야구방망이로 좀비의 머리를 마구 내려쳤다.

퍽.

터져 나온 피가 승현의 얼굴 위로 분수처럼 흩어졌다. 승현의 손을 움켜잡고 있던 좀비의 손이 축 늘어졌다. 정섭의 야구방망이는 멈출 줄을 몰랐다.

퍽, 퍽, 퍽.

"고 피디, 이제 그만해."

승현의 말리는 소리를 듣고서야 정섭이 방망이질을 멈췄다. 정섭의 두 눈이 공포인지 살의인지 알 수 없는 이상한 광기로 이글거렸다. 좀비의 머리는 형태를 알 수 없을 정도로 무참하게 으스러졌다.

　승현이 안도의 한숨을 휴, 내쉬고 있는데 사람의 소리인지 짐승의 소리인지 알 수 없는 포효가 들렸다. 밖을 보니 좀비가 시커멓게 떼로 몰려오고 있었다. 죽은 좀비처럼 모두 비키니를 입은 늘씬한 미녀들이었다.

　정섭은 바닥에 나뒹구는 경비실 열쇠 함에서 리모컨 형태의 차 키를 꺼내더니 버튼을 눌렀다. 삐빅, 경비실 옆 주차장에 있는 경차가 라이트를 밝히며 반응을 보였다.

　"일단 여기서 나가죠."

episode 8　THE WINNER IS……

　정섭과 승현을 태운 자동차는 펜션 시티를 벗어나 해안도로로 접어들었다. 정섭은 펜션 시티를 뒤돌아보더니 가슴을 쓸어내리며 좀 전의 기억을 떠올렸다. 미친 듯이 덤비는 좀비들과 싸우고, 차에 매달리는 좀비들을 떼어내고, 무서운 속력으로 따라오는 좀비들을 따돌리는 대환장의 활극. 말 그대로 아비규환이었다.

　조수석에 앉아 있는 승현을 보자 정섭은 자신이 얼마나 어리석은 실수를 했나 깨달았다. 좀비가 승현을 죽이게 그냥 내

버려둘걸. 그랬으면 이 지긋지긋한 게임도 벌써 끝났을 텐데. 승현을 공격하는 좀비를 야구방망이로 후려친 건 본능적 행동이었다. 감당할 수 없는 공포에 대한 반사적 본능. 경비실에서 경험한 공포 체험 때문에 정섭의 라이프는 30%밖에 남지 않았다.

"사실대로 말해."

한동안 말이 없던 승현이 뜬금없이 취조라도 하는 듯 뻐딱한 말머리를 꺼냈다.

"네?"

"고 피디도 무서운 게 있지?"

"제가요?"

애써 냉정을 가장했다. 진짜 아는 걸까? 내 공포증을.

승현은 눈치가 없기로 유명했다. 캐스팅을 제안했을 때 배우들이 '작품은 좋은데, 너무 바쁘네요' 하면서 스케줄 핑계를 대면, 그게 완곡한 거절의 표현인 줄 모르고 배우의 스케줄이 빌 때까지 기다렸다. 직원 회식 때는 '감독님도 함께 가요'란 말에 '우리끼리 놀고 싶으니 제발 빠지세요'라는 속뜻이 있음을 알아채지 못했다.

그런 승현이지만 만에 하나 진짜 내가 가진 공포증을 안다면 어떡하지? 정말 그렇다면 두고두고 놀림감이 될 게 틀림없다.

"고 피디, 자네……."

승현은 뭔가 대단한 걸 공표하는 사람처럼 뜸을 들였다.

"좀비 공포증이지?"

그럼 그렇지. 정섭은 안도했다.

"어떻게 아셨어요? 제가 좀비 무서워하는 거."

거짓 맞장구를 치자 승현은 뿌듯한 듯 만면에 미소를 지었다. 너도 약점이 있구나, 상대의 약점을 알아냈다는 득의의 미소였다.

정섭의 공포증이 시작된 건 사춘기 때였다. 농익은 여드름처럼 언제 터질지 모를 호르몬 덩어리였던 정섭은 한 소녀를 좋아했다. 정섭의 눈에 그 소녀는 순수함의 결정체였다. 긴 생머리, 레이스 머리띠, 하얀 원피스, 한 줌도 되지 않을 것 같은 가냘픈 허리, 수줍게 웃으면 애교스럽게 꼬리가 처지는 반달 눈, 언뜻 스칠 때 코끝을 자극하는 비누 향. 소녀를 보면 정섭은 산성 용액을 만나 붉게 변하는 리트머스 종이처럼 호감을 말갛게 드러냈다.

기적이 일어났다. 소녀가 그의 짝사랑을 받아준 것이다. 소년 정섭은 세상을 다 가진 거처럼 행복했다.

행복은 오래가지 않았다. 파국은 소녀가 다른 사람에게 보낼 문자를 정섭에게 잘못 보내며 시작됐다.

'정섭이 진짜 웃기지 않냐? 하는 짓이 불쌍해서 장난 좀 쳤더니 지가 진짜 남자 친구라도 된 줄 알고…… 지 주제에 언감

생심? 걔 여드름만 보면 토가 쏠려.'

소녀의 연극은 이미 전교생이 다 아는 사실이었다. 아무것
도 모르고 좋아하는 멍청한 사랑의 포로를 보며 다들 얼마나
비웃었을까?

그때부터였다. 정섭이 여자를 멀리하게 된 것은. 여자가 호
의를 보이면 의심부터 하고, 호감이 생겨도 거절당할까 봐 먼
저 내쳤다. 트라우마 때문에 괴로울 때면 인터넷에 들어가서
페미니스트들을 공격하는 꼴통 마초 짓으로 두려움을 해소했
다. 섹시한 여자를 보면 참을 수 없는 성욕과 동시에 공포가 일
었다. 미친 듯이 원하는 것이 미친 듯이 무서운 존재라니. 그
잔혹한 아이러니가 게임 속에서 미녀 좀비로 나타난 것이다.
차라리 새나 밀실을 무서워한다면 얼마나 좋았을까? 정섭은
비웃음을 살까 두려워 자신의 여성 공포증을 꼭꼭 숨겨왔다.

어느새 차는 시화방조제 다리 위로 진입했다. 다리 양쪽으
로 너른 바다가 펼쳐졌다. 정섭이 창문을 열어 바다의 청량감
을 만끽하는데, 승현이 갑자기 호들갑을 떨며 다리 끝을 가리
켰다.

"저기 좀 봐!"

시화방조제는 대부도와 안산을 연결하고 있다. 현실이라면
방조제 끝에 도심 풍경이 보여야 했다. 그런데 게임 세상에서
시화방조제는 안산이 아닌 작은 문에 연결돼 있었다. 문 위에

는 LED 비상구 유도등이 반짝였다. 아마도 게임의 출구인 듯했다. 트루먼 쇼의 주인공이 가짜 세상의 끝에서 출구를 발견했을 때의 마음을 알 것만 같았다. 반짝이는 'EXIT'라는 글자처럼 두 사람의 마음속에도 희망이 반짝 켜졌다.

"고 피디, 어서 가자. 저리 나가면 우리 둘 다 살 수 있을지도 몰라."

"네."

정섭이 신이 나서 속도를 높였다. 차가 방조제 중간쯤에 다다랐을 때, 갑자기 길 한가운데 뭔가가 나타났다. 얼핏 검은 덩어리로 보이는, 사람인지 짐승인지 알 수 없는 무엇. 급히 브레이크를 잡았지만 늦었다. 끼이익, 급제동하는 소리에 이어 텅, 차체가 뭔가 둔탁한 것에 부딪치는 소리가 들렸다.

"설마, 사람을 친 거야?"

"내려서 확인을 해보죠."

승현이 호들갑을 떨었지만 정섭은 애써 침착했다. 어차피 게임 속에서 일어난 사고다. 엄밀히 말하면 그가 친 것은 어떤 생명체가 아니라 아바타일 것이다. 진짜 사람을 치었다고 한들 뭐가 대수겠는가. 정섭은 이미 택수를 죽인 살인자였다. 사실 정섭은 사람을 다치게 했을까 봐 우려가 되기보다는 눈앞에 나타난 것이 미녀 좀비일까 두려웠다. 라이프가 20%밖에 남지 않았다. 눈앞에 출구를 두고 허망하게 죽을 순 없었다.

두 사람이 차에서 내렸다. 동시에 차와 부딪쳤던 누군가가 벌떡 일어났다.

저게 도대체 뭐지?

검은 바지, 검은 재킷, 검은 모자. 온통 검은색으로 차려입은 괴한은 눈, 코, 입이 없었다. 이목구비가 없는 얼굴은 껍질을 벗긴 삶은 계란처럼 매끈했다. 괴한이 총을 꺼내더니 두 사람을 향해 겨누었다. 항복의 의미로 손을 번쩍 든 두 사람의 귀에 노래 한 구절이 들렸다.

꼭꼭 숨어라. 머리카락 보인다.

그제야 두 사람은 알 수 있었다. 저자가 술래구나. 애린을 잔혹하게 난도질해서 죽인 것도 저자의 짓이구나.

총구가 승현을 향했다가 정섭에게 옮겨갔다. 술래는 총구로 두 사람을 번갈아 겨누는 일을 몇 차례 더 반복했다. 누굴 먼저 죽일까, 고민을 하는 모양이었다.

순간 승현의 머릿속에 한 가지 생각이 떠올랐다. 이 게임은 서바이벌 게임이다. 술래가 한 사람을 쏴 죽인다면, 남은 한 사람이 자동으로 게임의 승자가 된다. 자신이 승자로 남으려면 술래가 고 피디를 쏘게 해야 한다.

"널 해고한 건 미안해, 사실 널 자르자고 한 건 고 피디야."

승현이 외쳤다. 승현은 술래가 수호라고 확신하고 있었다. 술래는 반응이 없었다.

"왜 이래요?"

정섭이 끼어들었지만 승현은 무시했다.

"너에 대한 나쁜 소문, 그것도 사실은 고 피디가 퍼뜨린 거야."

승현이 다급한 마음에 온갖 거짓말로 정섭을 모함했지만 술래의 총구는 승현을 향한 채, 미동도 하지 않았다. 하하하, 정섭이 발작하듯 웃었다.

"감독님, 지금 술래가 박수호라고 생각하는 거예요?"

"이런 복수극을 꾸밀 정도로 해고가 상처가 된 사람은 수호밖에 없어."

"수호는 술래가 아니에요."

"그럼 누구지?"

"누군지는 모르지만 아무튼 수호가 아닌 건 확실해요. 수호의 공포증, 모르세요?"

"……."

"수호는 그림자를 무서워했어요."

수호가 그림자를 무서워한다. 그 사실이 왜 수호가 술래가 아님을 의미하는 건지 헤아려보고 있는데 정섭이 말을 덧붙였다.

"게임 세상에는 그림자가 없어요."

정섭의 말을 듣자 승현의 머릿속에 커다란 느낌표가 그려졌다. 게임의 플레이어가 죽으면 해당 플에이어의 포비아 요소가 사라진다. 게임 세상에 그림자가 없다는 것은 수호 역시 우리와 같은 플레이어였고, 이미 게임 속에서 죽었다는 것을 의미했다. 그렇다면 술래는 도대체 누구지?

승현의 마음속 의문에 대답이라도 하는 듯, 술래의 얼굴이 마구 일렁이기 시작했다. 얼굴에 일어난 검은 파도는 조금씩 다른 형상을 만들어냈다. 코가 솟고, 동그란 눈이 생기고, 도톰한 입술이 돋아났다.

그 눈, 저 코, 저 입. 분명 아는 얼굴인데…….

아, 그 아이구나! 아직 완성되지 않은 얼굴이지만 정섭이 먼저 술래를 알아봤다. 동시에 애써 지운 기억도 모두 소환됐다.

"내가 너를 외면했어, 그러지 말아야 했는데."

정섭의 마음속에 공포가 쓰나미처럼 밀려왔다. 여성 공포증과는 비교할 수도 없는 엄청난 공포였다. 그것은 기억을 지워서라도 잊어야 했던, 차마 감당할 수 없는 죄책감을 오롯이 대면해야 하는 고통이었다.

정섭의 라이프가 급격히 줄어들었다. 조금 남아 있던 라이프는 순식간에 0이 됐다.

— 고정섭 플레이어 게임 오버. 축하합니다. 위너는 남승현 플레이어입니다.

episode 9 현실 세계

승현이 눈을 떴다. 익숙한 풍경이 보였다. 흥행 영화의 포스터, 영화제 수상 트로피, 유명 배우가 선물한 화분. 승현은 깊은 안도의 한숨을 내쉬었다.

게임이 끝났나 보군.

추측은 했지만 확신할 수는 없었다. 게임 밖 세상이라면 눈앞에 게임 장비들과 게임을 제안한 딴따라 작가가 있어야 했다. 그런데 딴따라도, 게임용 헤드셋도 보이지 않았다.

테이블 위에는 묵직한 시나리오 뭉치가 놓여 있었다. 「너무 한낮의 호러」였다. 승현은 페이지를 차라락 넘겨 클라이맥스 이후의 내용을 확인했다. 흠잡을 데 없는 완벽한 결말이 있었다. 딴따라가 약속을 지킨 것이다. 게임을 하면 온전한 시나리오를 주겠다는 약속을.

문득 게임의 마지막이 떠올랐다. 밋밋하던 술래의 얼굴이 일렁이며 어떤 얼굴을 만들었다. 미완의 얼굴이었지만 왠지 모를 기시감이 들었다. 술래의 정체가 궁금하면서도 술래에 대한 기억을 억누르고 싶은, 이중적 감정도 들었다.

게임은 끝났지만 의문이 몇 가지 남았다. 승현은 정말 연출부 멤버들과 서바이벌 게임을 한 걸까? 그랬다면 승현은 다른 플레이어들의 죽음으로 최후의 승자가 되어 게임 세상 밖으로 나온 걸까? 아니면 그 모든 비극적 죽음이 정교하게 짜인 게임 상의 설정일 뿐인 걸까?

승현은 의문에 답을 구하기 위해 황급히 전화를 했다.

"감독님이 주말에 무슨 일이세요?"

정섭이 퉁명하게 전화를 받았다. 승현은 정섭의 그런 태도에 상처받지 않았다. 오히려 안도가 밀려왔다. 적어도 뇌사 상태는 아니구나.

"뭐, 그냥. 별일 없지?"

"네, 연출부 애들이랑 낮술 한잔하고 있어요."

"연출부 애들? 택수랑 애린이?"

"연출부 애들이 걔들이지 또 누구겠어요."

통화는 싱겁게 끝났다. 이로써 모든 게 분명해졌다. 게임은 승현 혼자 참여한 것이다. 게임 속에서 차례로 죽어나갔던 다른 캐릭터들은 참여자가 아닌, NPC(Non-Player Character)였던 모양이다.

정말 기분 나쁜 악몽, 아니 게임이었어.

시계를 보니 게임을 시작한 지 삼십 분밖에 지나지 않았다. 그 힘겨운 술래와의 사투가 겨우 삼십 분이었다니.

직원들의 안위를 확인하자 갑자기 피로가 밀려왔다. 승현은 뜨거운 욕조에 몸을 담그고 싶다는 생각 외에 아무 생각도 들지 않았다.

승현의 아파트는 대형 마트 바로 옆에 있었다. 주말이면 마트에 가는 차들 때문에 길이 막혀 집 앞 도로에서 한참을 서 있곤 했다. 오늘도 아파트 앞 도로는 주차장을 방불케 했다. 길이 뚫리길 기다리다 지루해진 승현은 라디오를 켰다.

 라디오에서 잔잔한 연주곡이 흘러나왔다. 봄날의 햇살처럼 밝고 따사로워 정신이 나른해지는 음악이었다. 이러다간 집을 코앞에 두고 길거리에서 잠들고 말겠는걸. 승현은 서둘러 딴 주파수를 찾았다. 아무렇게나 돌린 채널에서 문득 귀에 익은 연극 대사가 들려왔다.

 불쌍하고 가련한 프란체스카, 세상 모든 것이 너를 외면하는구나. 심지어 너의 부모님조차…….

 작은 극단에서 만든 「새」라는 연극의 대사였다. 연극 대사 특유의 과장된 발성을 들으며 승현은 고개를 갸웃했다. 라디오에서 왜 연극이 나오지? 요즘 각종 창작물을 오디오로 변환하는 게 한창 유행이라는데, 이것도 그런 오디오 대본의 일종인가? 그런 생각을 하고 있는데 프란체스카라고 불린 상대 배우가 대사를 이었다.

 정령님, 왜 다들 나에게 손가락질을 하나요? 나는 잘못한 것이 없어요.

 프란체스카는 사랑스러운 목소리를 갖고 있었다. 그 목소리를 듣고 있자니 어떤 불청객이 머릿속에 들어와 뇌를 마구 헤집는 느낌이 들었다. 불청객은 잘 정리해놓은 서랍장을 열고 깊숙이 처박아놓은 기억을 끄집어냈다.

기억은 한 신인 여배우에 대한 것이었다. 승현은 작은 극단이 상연하는 「새」라는 연극 무대에서 그녀를 처음 보았다. 주인공 역을 맡은 그녀에게서 승현은 눈을 뗄 수 없었다. 여자의 사랑스러운 목소리는 대사를 읊는 게 아니라 노래를 하는 것 같았다. 이전에 들어본 적 없는 천상의 노래. 연극이 끝나고 승현의 머릿속은 한 가지 생각으로 가득 찼다. 저 여자를 갖고 싶다.

승현의 캐스팅 제안으로 그녀가 처음 영화사에 왔을 때, 그녀는 애정을 듬뿍 담은 표정으로 활짝 웃었다. 그러나 그 미소는 그를 위한 것이 아니었다. 그녀가 연인인 수호를 발견하고 반가워서 웃었다는 것을 알았을 때, 승현의 마음속에서는 걷잡을 수 없는 질투가 타올랐다.

승현은 캐스팅에 대해 논의하자고 하면서 연출부 단합회에 그녀를 불렀다. 수호가 개인 사정으로 참석하지 못하는 단합회였다. 그날 승현은 술을 많이 마셨다. 그리고 무슨 일이 있었지? 승현이 기억을 살리려고 안간힘을 쓰고 있는데 정령 역을 맡은 배우의 대사가 이어졌다.

너는 한 남자를 사랑했을 뿐이지. 그 남자는 순결하지 않아도, 순결해야만 하는 사제님이고. 너는 그 남자의 아이를 가졌

어. 두 사람이 진짜 사랑을 했다고 아무리 말해도 사람들은 믿지 않을 거야. 왜냐하면 성직자가 순결하다는 믿음을 사람들은 깨고 싶지 않거든. 너는 아이를 가졌고, 너와 사랑을 나눴다는 그 남자는 순결을 주장해. 그렇다면 네 배 속에 있는 그 아이는 도대체 누구의 아이지? 사람들에게 너는 거짓말쟁이 창녀일 뿐이야.

쾅.

승현이 대사에 귀를 기울이고 있는데 보닛에 뭔가가 떨어졌다. 사람이었다. 검은 바지에 검은 재킷을 입고 검은 모자를 써 얼핏 하나의 검은 덩어리로 보이는 사람이 하늘에서 떨어졌다. 터진 머리에서 흘러나온 피가 푹 파인 보닛 위로 흥건하게 고였다. 믿을 수가 없는 일이었다. 갑자기 차 위로 사람이 떨어지는 것을 본 사람이 얼마나 되겠는가? 평생 한 번 겪을까 말까 한 희귀한 경험이 분명한데 이상하게 이 광경이 낯설지가 않았다. 언젠가 이런 일이 있었던 것만 같았다.

승현이 황급히 차에서 내려 보닛에 떨어진 사람을 살폈다.

떨어진 자는 눈, 코, 입이 없었다. 아무것도 없는 밋밋한 얼굴이 기괴했다.

설마, 술래? 보닛 위로 떨어진 자가 술래라면, 승현은 아직도 게임 속에 있다는 말이 된다. 방금 본 것이 착시이길 바라며 눈을 꿈벅 감았다 다시 뜨자, 술래의 얼굴이 마구 일렁이기 시작했다. 용암처럼 들끓던 얼굴은 조금씩 다른 모습으로 바뀌어갔다. 코가 솟고, 동그란 눈이 생기고, 도톰한 입술이 돋아났다. 잠시 후 얼굴의 움직임이 멈췄다. 술래의 얼굴은 더 이상 밋밋하지 않았다.

"한지우."

승현의 입에서 자기도 모르게 술래의 이름이 터져 나왔다. 술래의 정체가 드러났다. 동시에 기억도 온전해졌다. 그가 단합회에 가서 술을 잔뜩 마신 후 술래, 아니 지우에게 저지른 지저분한 짓도 세세하게 떠올랐다. 승현은 그가 행한 성폭행을 술 때문이었다고 합리화했다. 내심 그녀를 가졌다는 사실에 뿌듯해하기도 했던 것 같다.

문제는 그다음이었다. 단합회에서 벌어진 해프닝으로 끝날 줄 알았는데, 지우는 그 일에 마침표를 찍을 생각이 전혀 없었다. 그녀는 승현에게 해명과 사과를 요구했다. 언론과 공권력에 사실을 알리겠다고 협박도 했다. 아차 싶었다. 오랫동안 쌓아온 감독의 명성이 하루아침에 무너질 판이었다.

승현은 야비한 소문으로 맞대응했다. 그가 지우를 범한 게 아니라 지우가 꼬리를 쳤다고. 지우는 연출부 사람들에게 증인이 되어달라고 부탁했다. 하지만 고정섭, 조애린, 홍택수는 승현의 사람이었다. 뻔히 진실을 알면서도 지우를 외면했다. 애처롭게도 남자 친구였던 수호조차 진실을 믿어주지 않았다.

그렇게 해서라도 배역을 따고 싶었던 거야?

흥분해서 다그치는 수호에게 지우는 소문이 사실이 아니라고 했지만 소용없었다. 수호의 머릿속에 스멀스멀 생겨난 의심은 연인을 향한 신뢰를 단박에 무너뜨렸다.

단합회를 다녀오고 일주일이 지난 어느 날, 연출부 사람들은 지우에게서 연극 「새」의 공연 실황이 담긴 녹음본을 받았다. 어떤 이유도 설명도 없었다. 그저 녹음본이 각자의 집에 보내졌을 뿐이었다.

진실과 상관없는 편견과 헛소문이 저를 창녀로 만들었군요. 그렇다면 저는 새가 될래요. 일요일 아침 성당 첨탑에서 새가 되어 날아오를래요. 사제님과 사람들에게 죽은 새의 사체를 선물할래요.

같은 날 오후, 연출부 사람들은 지우가 보낸 우편의 의미가 무엇인지 알게 되었다. 지우는 승현의 아파트 옥상에서 기다리다가 승현의 차가 들어오는 것을 보고 몸을 날렸다. 지우는 연극의 대사처럼 잠깐 새가 되어 날았다. 비행은 오래가지 않았다. 강력한 중력이 그녀를 잡아당겼다. 지우는 승현의 차에 부딪쳐 무참하게 머리가 으스러졌다.

연극이 끝이 나고 뉴스가 이어졌다.

"한국 영화계를 빛낸 남승현 감독과 그의 직원들을 뇌사 상태에 빠지게 한 복수대행업체 사람들이 아직도 잡히지 않고 있습니다."

이게 무슨 말이지? 내가 뇌사 상태라고?

승현이 의아해하고 있는데, 보닛 위에 축 늘어져 있던 지우의 몸이 변했다. 도톰한 입술은 부리가 되고, 온몸에는 깃털이 돋아났다. 두 팔은 날개가 되고 두 다리는 새의 발이 되었다.

그 기이한 광경을 보자 승현은 부르르, 몸이 떨렸다. 이마에서 흐른 식은땀이 뺨을 타고 흘러내렸다. 승현은 그 자리에 풀썩 주저앉았다. 그의 공포증은 '인류 내면에 내재된 원형적 공포'가 아니었다. 그의 새 공포증은 한 여자의 비참한 최후를 눈앞에서 목격한 충격에서 시작된 것이었다. 그 기억은 짙은 원한으로 물든 것이었다. 기억 제거술로도 그 얼룩은 지울 수가 없었다.

잠시 후, 구급차가 도착했다. 건장한 남자 구급대원이 지우의 시체를 수습하는 사이, 여자 구급대원이 그를 부축해 구급차에 실었다.

"아휴, 사람이 하늘에서 뚝 떨어지다니. 충격이 정말 컸겠어요. 일단 진정제부터 놓을게요."

진정제를 놓는 구급대원의 손을 보고 승현은 소스라치게 놀랐다. 길고 가느다란 손톱 끝에 해골이 장식된 네일.

"당신이 여기 어떻게……?"

딴따라가 승현의 어깨를 두드리며 전화상담원 같은 친절한 하이 톤으로 말했다.

"얘기했잖아요, 너무 무서워하지 말라고. 어차피 모든 일은 다 가짜니까."

승현이 몸을 일으키려 했지만 그럴 수가 없었다. 딴따라가 주사한 진정제가 빠르게 온몸으로 퍼졌다. 몸이 나른해지고 졸음이 쏟아졌다. 승현이 힘겹게 창밖으로 시선을 옮겼다. 높은 빌딩 숲 사이를 거니는 사람들이 보였다. 그들의 발치에는 응당 드리워져 있어야 할, 그림자가 없었다.

승현은 공포 영화의 흔한 결말이 떠올랐다. 주인공은 우여곡절 끝에 악몽에서 벗어난 줄 알지만, 사실 여전히 악몽 속이라는 것을 깨닫는다. 기억하는 모든 순간이 가짜라는 것을 깨닫고 좌절하지만, 영원히 계속되는 악몽의 뫼비우스 띠를 벗어날 수가 없다.

눈꺼풀이 참을 수 없이 무겁다. 승현의 눈이 스르륵 감겼다.

메타버스가 강도 높은
생존 게임의 현장이 된다면

일시적 반응에 불과했던 공포가 반복되어 마침내 증상이 될 때, 그 심연에는 혐오가 놓인다. 공포가 개인적이고 내밀한 감정의 영역을 쥐고 흔든다면, 혐오는 보다 사회적이고 현실적인 실체로서 작동한다. 작가가 창조한 메타버스 게임 세계는 이 이중의 레이어를 효과적으로 매개한다.

플레이어들은 저마다의 공포증으로부터 도망치는 동시에 최종 보스인 술래에게 들키지 않고 끝까지 살아남아야 한다. 만일 가상세계의 공포에 잠식당하거나 술래로 체현된 과거의 죄악과 대면한다면 다시는 현실로 돌아갈 수 없다. 무겁게 가라앉을 수 있는 스토리를 끝까지 즐길 수 있도록 돕는 것은 단연 장르의 과감한 혼합과 전유이다. 가령 「캐빈 인 더 우즈」가 메타영화의 전략을 취해 호러 장르의 클리셰를 영특하게 비틀었다면, 「너무 한낮의 호러」는 반대로 클리셰에 충실한 세계를 그림으로써 지리멸렬한 인물 군상과 그 근저의 추악함을 조명하고, 게임의 안팎을 넘나들며 호러와 슬래셔, 좀비물과 스릴러 사이를 기민하게 이동한다.

종합선물세트 같은 생생한 장면의 묘사도 인상적이었으니, 영상으로 구현된 「너무 한낮의 호러」의 세계가 어서 보고 싶다.

메타버스를 둘러싼
오래된 의문을 향한 발걸음

현자들은 인생이란 영혼을 성숙시키기 위한 가상의 경험일 뿐, 보고 듣고 소유하는 모든 것이 허상이라고 했다.

메타버스라는 가상의 세계가 생겨나기 훨씬 전부터 수많은 작가들이 품어온, 낡았지만 여전히 유효한 질문에서 「너무 한낮의 호러」는 시작됐다.

'우리는 누군가가 만들어놓은 거대하고 정밀한 프로그램 속의 아바타인 것은 아닐까?'

이런 질문에서 시작된 작은 상상의 씨앗을 VR 게임이라는 형식과 호러라는 장르를 통해 풀어보았다. 날뛰는 살인마에게 쫓기는 표면적 공포와 플레이어 각 개인의 트라우마라는 내면적 공포, 운명에 갇힌 존재라는 인류의 태생적 공포까지, 모두 느낄 수 있는 글이길 바라며…….

부족한 글에서 장점을 발견해준 심사위원분들과, 책을 펴내기 위해 수고를 아끼지 않으신 출판사 관계자분들께 무한한 감사를 드린다. 아울러 든든한 지원자인 남편에게도 감사의 말을 전한다.

메타버스
장르문학상
수상작품집

너나들이

· 이준형

심사평

누군가에겐 실제로 일어나는, 놀랍지만 일상적인 세계

작가의 말

메타버스는 결국 현실의 결핍을 채우기 위한 장치다

이준형

서강대학교 화공생명공학과를 졸업하고 현재는 변리사 업무를 수행하고 있다. 「너나들이」가 첫 소설이다.

"끝내기 홈런을 치셨는데, 소감 한 말씀 부탁드립니다."

점수판에는 3:6으로 뒤지다가 7:6으로 역전된 기록이 떠 있었고, 그 위 전광판에는 만루홈런을 친 내 얼굴이 큼지막하게 나왔다. 우리 팀을 응원하는 3루 쪽 관중들은 집에 돌아가지 않고 목청껏 응원가를 불러댔다. 방송국에서 나온 리포터가 오늘 경기의 MVP로 뽑힌 내게 마이크를 들이밀며 지금 기분이 어떤지 물었다. 나는 홈런을 쳤을 때의 기분을 떠올리려고 애를 썼다.

그러나 흥분해서였을까, 홈런을 친 기억이 나지 않았다.

팀이 이겨서 기쁘다는 뻔한 대답으로 인터뷰를 끝내려는데, 팀원의 막내가 들통째로 내 머리에 물을 끼얹었다. 수건으로 물기를 털어내고 나니 괜히 덩달아 흠뻑 젖은 리포터가 신경 쓰였다. 그녀는 여전히 나에게 마이크를 내밀고 있었다. 검은색 마스카라 눈물을 흘리면서도 애써 웃는 리포터에게서 프로의식이 느껴졌다. 그에 감명받아 좀 더 성의 있게 대답하고 싶어졌다. 하지만 지금 이 기분을 구체적으로 어떻게 표현해야 할지 막막했다. 타석에 들어설 때부터의 기억이 전혀 없기 때문이었다. 그래서 어쩔 수 없이 솔직하게 대답했다.

"사실 어안이 벙벙합니다. 타석에 오르기 전에는 도망치고 싶은 마음뿐이었는데, 정신을 차려보니 공이 이미 넘어가 있었어요. 아, 그래도 팀이 이겨서 기쁘기는 합니다."

내가 정수리를 긁적이며 엉망으로 대답하자, 리포터는 '실전 경기를 평소와 같이 치러내신 거네요. 이 모든 게 역시 맹훈련의 결과겠죠?'라고 포장했다. 그리고 스튜디오로 연결을 요청하며 인터뷰를 마무리 지었다.

"매번 인터뷰할 때마다 항상 운이 좋았다고 하시네요. 그래도 모든 게 연습의 결과겠죠?"

카메라가 꺼지고 나서 리포터가 마이크를 정리하며 물었다. 화장을 고칠 생각은 접은 듯했다.

"그렇지 않을까요? 저는 연습 빼면 시체나 다름없거든요."

오늘의 홈런이 연습의 결과물인지는 잘 모르겠지만, 연습 자체만 보자면 스스로에게도 부끄럽지 않다고 당당히 대답할 수 있었다. 웨이트 트레이닝을 하루도 빠뜨린 적이 없었고, 프로에 입단하면 으레 거를 법한 타격 훈련도 꾸준하게 챙겨왔다. 동료들이 아무리 꼬셔도 다음 날 훈련에 지장이 생길까 봐 클럽에 가본 적도 없었다. 왜 그렇게 연습에 매달리냐고 물으면 습관이라고밖에 할 말이 없었다. 훈련을 하지 않은 날이 기억나지 않을 정도로 매일 네 시간 이상 운동장에서 시간을 보냈다.

야구에 대한 첫 기억은 아버지 손에 이끌려 리틀 야구단에 가입하러 간 날에 있다. 내가 졸라서 간 건지, 아니면 아버지가 처음부터 나를 야구선수로 키우고 싶어 데려간 건지는 확실하지 않다. 다만 마음대로 던져보라는 감독님의 지시에 처음으로 뿌린 공이 나를 흥분시켰다는 기억은 선명하게 남아 있었다. 그 뒤로 골목 어귀, 공터, 장소를 가리지 않고 공을 던지며 놀았다. 지금은 연락도 안 되는 친구들과의 추억도 나를 즐겁게 만들어주었다.

내 소속팀은 대회가 열릴 때마다 우승을 거머쥐었고, 나는 동네를 벗어나 학교에서, 지역에서, 마침내 전국적으로 유명한 유망주가 되었다. 그러나 고등학교에 올라와 주전이 되자마자 팔꿈치 부상으로 투수에서 내야수로 전향해야 했고, 공을 가장 잘 받아주었던 친구는 대학 입시를 준비한다며 돌연 야구를 그만두었다. 야구에 대한 흥분과 즐거움이 예전만 못하게 줄어들었지만, 야구선수가 아닌 삶이나 야구 이외의 진로는 생각해본 적이 없었다. 배터리가 해체된 후에도 나만은 연습을 이어나갔다.

오직 한 길만 파고 달려온 덕분에 타자로의 전향은 성공적인 결과를 낳았다. 나는 봉황대기, 청룡기, 황금사자기 야구 대회에서 모두 MVP를 차지했다. 야수로서는 이례적으로 최고의 계약금을 받고 프로에 입단했다. 그리고 바로 오늘, 프로 입단 삼 년 만에 한국시리즈에서도 MVP를 차지한 것이다.

한국시리즈의 공식적인 일정이 모두 종료된 오늘도 내일 훈련 일정을 고민했다. 혹자는 내게 야구계의 크리스티아누 호날두라는 별칭을 붙여주기도 했다. 정점에 닿았으면서도 훈련장에 가장 먼저 모습을 드러내는 게 닮았다는 이유였다. 그 덕분인지 수비와 주루 면에서는 더 이상 국내에 대적할 선수가 없는 수준에 이르렀다. 야구에서 흔히 말하는 다섯 가지 능력 중에서 주루, 타격 정확도, 수비 순발력, 송구 능력의 네 가지 능력을 완벽히 갖추게 되었다.

하지만 장타가 문제였다. 그래서 연습경기에서조차 단 한 번도 홈런을 쳐본 적이 없었다. 그때마다 타격코치는 자세가 잘못되었다며 왼쪽 발끝부터 오른쪽 손목까지 일일이 지적하고는 한숨을 쉬는 게 일이었다. 다리를 제대로 디디면 허리 동작이 헷갈렸고, 팔을 제대로 뻗으면 스텝이 꼬였다. 특히 팔을 크게 휘두르지 못하고 허리를 짧게 끊어내는 버릇이 골치였다.

나는 사실 그러는 이유를 알고 있었다. 팔꿈치 부상이 다시 재발하면 내가 설 곳이 없어질 거라는 두려움에 기인한 것이었다. 머리로 알아도 두려움을 극복하는 건 쉬운 일이 아니었다. 코치는 이래서는 절대 홈런을 칠 수 없을 거라고 말했다. 하지만 또 다치고 야구를 그만두는 것보다 장타는 포기하고 최고의 똑딱이 타자로 야구 생활을 이어나가는 게 낫다고 결론내렸다. 빠른 주루로 부족한 장타력을 커버할 수 있다는 자신감도 결정에 한몫했다.

어차피 홈런을 칠 생각도 없었고, 시도도 하지 않았기 때문에 작년까지, 심지어 올해 스프링 캠프 때까지도 나는 단 한 개의 홈런 기록조차 없었다. 그랬는데 어찌 된 일인지 이번 시즌이 시작되고부터는 실전에 투입되기만 하면 어김없이 홈런을 때려냈다. 국내에서는 전무후무한 50개의 홈런, 50개의 도루를 기록해서 최초로 50-50클럽에 가입했다. 그러나 솔직하게 말하자면, 타석에 들어서면 술을 마신 것처럼 필름이 끊겼고, 늘 공이 담장을 넘어간 순간부터 기억이 다시 돌아왔다. 이런 걸 두고 무아지경에 빠졌다고 하는 건가 싶었다.

이번 한국시리즈에서도 베이스를 지나 홈까지 한 바퀴 돌면서 타격코치에게 멋쩍게 이를 내보이며 어깨를 으쓱했다. 집에 돌아와서 리플레이 영상을 돌려보니 홈런 직후 나는 마치 최고의 검객이 검술을 구사하듯 야구방망이로 화려한 춤을 선보이고 있었다.

다음 날 다시 타격 연습에 들어서선 또 어설프게 방망이를 휘둘렀다. 타격코치는 내게 다가와 '신기하다, 신기해, 어떻게 홈런을 쳐내는 건지'라는 말을 연발했다.

"아직 팔꿈치 트라우마를 극복한 걸로 보이지는 않는데 말이야."

연습과 실전에서의 이토록 상이한 실력은 타격코치와 나 둘만의 비밀이었다.

이러한 성과로 올 시즌 중반부터 메이저리그에서 꾸준히 오퍼가 들어오고 있었다. 그러나 타격코치는 메이저리그 진출을 완강히 반대했다. 지금 터지는 홈런들은 순전히 운일 뿐이고, 장타력을 온전히 갖춘 다음 가도 늦지 않다고 여러 번 진심 어린 조언을 해주었다. 나도 훈련장에서 매일 지켜봐주는 타격코치의 말이 전적으로 옳다는 것을 알고 있었다. 내가 친 홈런에 나 스스로도 의구심이 들고 있었기에 별다른 반박을 하지 않았다. 에이전트는 되도록 이른 시일 내에 나를 미국으로 데리고 가길 원했지만, 나는 아직은 이르다며 이러저러한 사소한 이유들을 둘러댔다.

그런데 오늘 경기가 끝난 후, 라커룸에서 타격코치가 대뜸 말했다.

"너 이제 메이저리그에 가도 되겠다."

"네? 저 아직 자세 교정 마무리되지 않았잖아요. 여전히 팔이 완전히 펴지질 않아요. 오늘 친 홈런도 순전히 운이었다고요."

등 떠밀리는 기분이 들어 속사포처럼 변명을 뱉어냈다. 그러나 타격코치는 완강했다.

"운도 반복되면 실력인 거지. 너는 실전 타입이었던 거야."

팀이 우승하고 더불어 올해의 선수로 뽑혀 기쁘긴 했지만, 뒤풀이 내내 마음 한구석이 여전히 찝찝했다. 네 번의 경기 연속으로 끝내기 홈런을 쳤는데도 그 결정적인 순간의 필름이 끊겨 있다는 게 아쉬우면서도 불안했다. 내가 친 공이 아닌 것 같았고, 승리가 나의 공이 아닌 것 같았다. 단 한 번만이라도 맨정신으로 공이 담장을 넘어가는 걸 실감하고 싶었다.

아직은 실력이 아니라 순전히 운에 기대고 있다는 느낌이 강했다. 메이저리그에 진출하고 나서 이 운이 사라진다면 먹튀라는 오명을 뒤집어쓸 수도 있었다.

식당의 TV에선 내가 친 끝내기 홈런 영상이 반복해서 나왔다. 가만 보고 있자면 더더욱 믿기지 않았다. 영상에서의 나는 완벽한 팔로우 스윙으로 홈런을 친 것도 모자라, 걸그룹의 노래에 맞춰 춤까지 추고 있었다. 내가 저런 춤을 배운 적이 있었나? 심지어 난생처음 듣는 노래였다. 와중에 노래 가사 속 '어쩌면 좋아 나의 허리'라는 대목이 정곡을 찔렀다. 장타를 치려면 허리를 어떻게 해야 하는 건지 늘 고민이었는데.

동료들과 감독님은 영상에 나오는 저 춤을 다시 보여달라고 테이블을 두드리며 분위기를 몰아갔다. 뭔가 잘못된 게 분명했다. 머리가 복잡해진 나는 춤을 고사하고 조심스레 뒤풀이 자리에서 빠져나왔다. 나 때문에 술자리 분위기가 잠시 어색해졌다. 하지만 별수 없었다. 내가 췄던 저 춤을 어떻게 추는지 전혀 몰랐으니까.

집에 돌아오자마자 자리에 드러누웠다. 바로 곯아떨어질 줄 알았는데 쉬 잠들지 못했다. 시간을 확인하니 이제 아홉 시밖에 되지 않았다. 책을 좀 읽을까, 아니면 차를 한 잔 마실까. 고민하다가 다시 일어나기는 귀찮았기에 머리맡에 둔 VR 기기로 손을 뻗었다. 원정 경기를 떠날 때마다 갑갑한 버스에서 속을 차분히 가라앉히려 사용하던 것이었다. 답답한 마음에 나도 모르게 손이 갔다. 잠이 들 때까지 시간을 채울 요량으로 VR 기기를 머리에 썼다.

서버에 접속하자 평소에 자주 접속하던 산책 시뮬레이터 외에도 전쟁 시뮬레이터, 클럽 시뮬레이터, 운동 시뮬레이터 등 다양한 방 목록이 눈에 띄었다. 가상현실에서까지 운동하기는

지긋지긋했고, 클럽 시뮬레이션은 춤을 출 줄 모르니 선택 대상이 아니었다. 슈팅 게임으로 스트레스를 풀고 나면 좀 낫지 않을까 하는 마음에 전쟁 시뮬레이터에 참여했다.

방에 접속하자마자 광활한 사막에서 달리고 있는 상황이 갑작스럽게 연출되었다. 빈손으로 게임을 시작한 나는 서둘러 땅에 떨어진 총을 줍고, 언제 어디서 튀어나올지 모를 공격을 경계하며 무작정 뛰었다. 주변에 탈것도 없는 탓에 두 발로 위험천만하게 벌판을 누볐다.

한참을 돌아다니던 나는 사막 능선에서 안정적인 자세로 뛰는 아군 캐릭터와 마주쳤다. 불필요한 동작 없이 간결하게 움직이는 게 척 보기에도 레벨이 높아 보였다. 저 캐릭터를 따라가기만 해도 중간은 가겠다는 생각이 들었다. 그러나 스테미너가 다 떨어졌는지 내 캐릭터는 급격하게 속도가 떨어졌고, 곧 느리게 걷기 시작했다. 아군 캐릭터는 날 힐끔 돌아보고는 서두르라는 손짓을 했다. 답답했는지 스태미나 물약을 건네며 뭐라고 소리쳤다. 해외 유저인지 영어로 외치는 통에 무슨 뜻인지 알아들을 수가 없었다.

뒤편에서 자동차 배기음이 들리더니 점차 가까워졌다. 엔진 소리와 함께 연사하는 총성도 들리기 시작했다. 앞서 뛰어가던 동료는 재빨리 고개의 능선을 넘더니 내 뒤편을 향해서 사격 자세를 취했다. 나도 그렇게 해보려 했지만, 자세를 잡기도 전에 어디선가 날아온 총알에 맞아 쓰러졌다.

0킬 1데스, 총 플레이 시간 17분 50초.

스트레스를 풀려다가 도리어 잔뜩 쌓이기만 했다. 진짜로 뛴 것처럼 체력도 소진된 기분이었다. 급격히 피로해진 나는 VR을 쓴 채로 잠에 빠져들었다.

★ → ■

고도 400킬로미터의 우주정거장. 지구 너머로 해가 지면서 올 한 해도 지나고 있었다. 분명 멋지고 황홀한 풍경이었지만, 매일 똑같다 보면 그저 벽에 걸린 액자처럼 느껴질 뿐이었다. 모든 게 점차 무뎌졌다. 지구에서 가져온 색소폰을 연주하는 것도 이제는 지겨웠다. 무엇보다 한국인 룸메이트 영주가 매우 정중하게 '실력이 늘지 않는 그 색소폰 연주를 멈춰달라'고 한 뒤로 색소폰에 대한 열정은 더욱 차갑게 사그라들었다. 나와 한 살 차이라 편하게 말을 놓으라고 했는데도 영주는 항상 깍듯하게 존댓말을 했다. 나와 친해지고 싶은 마음이 전혀 없는 것처럼 보였다.

저녁 식사를 마치고 돌아온 영주는 오늘도 VR 헬멧을 뒤집어쓴 채 자기만의 시간을 즐기고 있었다. 어르신이 들어왔는데 인사도 안 하고 버릇없게 누워 있다며 핀잔이라도 줄까 싶었지만 참았다.

분명 나사에 함께 수다를 떨 수 있는 룸메이트를 원한다고 요청했건만, 어쩌다 과묵한 룸메이트와 방을 쓰게 된 걸까. 같은 언어를 쓰는 동일 국적의 사람이 적당할 거라고 인사팀에서 안일하게 생각한 게 분명했다. 아니면 내가 요청한 '스몰 토킹'을 '스몰 보이스'로 잘못 알아들은 담당자가 조용조용한 목소리의 영주를 배치했다던가. 어찌 됐건 졸지에 매일 우주에서 무척이나 심심한 저녁 시간을 보내게 되었다.

우주에서의 생활은 붕붕 떠서 이동할 수 있다는 걸 빼곤 더 나은 게 없었다. 그나마 신기했던 무중력 체험도 처음 며칠뿐이고 금세 불편한 부작용이 밀려왔다. 몸이 붓고, 소화도 잘 안 되고, 때론 멀미도 났다. 게다가 진공으로 소변을 빨아들이는 기분은 말로 표현할 수 없이 불쾌했다. 화장실에서 나오는 내 표정을 보며 생물학자인 게릭은 키득키득 웃곤 했다. 이곳에서 그나마 외향적인 성격을 가진 게릭에게 의지해 지루한 생활을 버티고 있었다.

낮 동안의 정규 실험 시간에도 나와 게릭은 서로 아이 같은 장난을 치곤 했다. 초파리들에게 저마다 이름을 지어주고, 식물 생장 실험에서는 양파에게 욕을 퍼부어대며 얼마나 못나게 자라는지 지켜보았다. 점점 부어가는 서로의 얼굴을 보며 놀려대기도 했다. 물론 게릭이 심혈을 기울이는 인공 장기 실험에서는 나도 게릭도 진지하게 참여했다.

정규 일정을 마치고 텍사스 시간으로 저녁 다섯 시가 되면 우주비행사들에게 자유시간이 주어졌다. 지구에서야 퇴근이 일러 좋겠다 싶겠지만, 여기는 우주다. 퇴근하고 소맥 한잔하러 갈 곳이 없는 우주정거장.

게릭을 포함한 다른 우주인들은 박사 논문을 준비하랴 추가 실험을 진행하랴 퇴근 후에도 바빴지만, 특채로 선발된 나와 영주는 예외였다. 그들과 달리 우리는 여가 시간을 죽여야 하는 민간인일 뿐이었다. 그나마 영주는 혼자서도 잘 노는 것 같았지만. 심지어 주말 이틀은 종일 쉬는 날이었다. 지구에서의 교회 찬양팀 활동이 이렇게나 그리워질 줄은 몰랐다.

처음엔 저녁 시간마다 가족이나 친구들과 통화를 하며 지냈다. 그러나 이 패턴을 지속할 수는 없었다. 한국 시간으론 새벽마다 전화가 오는 것이다 보니, 통화 상대가 차츰 지쳐가는 걸 아무리 눈치가 없어도 느낄 수 있었다. 심지어 우주에 가면 매일 화상통화를 하자던 초등학생 제자들도 점차 전화를 피하는 것 같았다. 특히 내 예비 남편 얼굴에 드리운 다크서클이 날이 갈수록 늘어지는 게 선하게 보였다. 그래서 울며 겨자 먹기로 앞으로는 전화 대신 이메일로 이야기를 나누자고 합의를 보았다.

소리를 내는 걸로 스트레스를 풀 수 있는 취미들이 하나둘 저지당하자 나는 저녁 운동 시간을 늘렸다. 예능 프로그램을 시청하며 러닝머신을 뛰기 시작했는데, 그저께부터는 달리 할 일도 없어 러닝머신을 뛰며 드라마까지 정주행했다. 일반적으로 우주정거장에 있을 때 뼈가 흐물흐물해진다고 하는데, 이러다 골밀도가 더 높아진 채 지구로 돌아가 학계의 연구 대상이 될 수도 있겠다는 생각까지 들었다.

러닝머신에서 내려와 시계를 보니 취침 시간까지 아직도 세 시간이나 남아 있었다. 더 끔찍한 사실은 우주정거장에 도착한 지 불과 한 달밖에 안 되었고, 앞으로 오 개월하고도 삼 주를 더 이곳에 있어야 한다는 것이었다. 내가 와 있는 이곳이 우주정거장인지 우주 교도소인지 모호해질 지경이었다.

100만 대 1에 달하는 경쟁률을 뚫고 우주인으로 선정되었을 당시에는 날아갈 듯이 기뻤다. 방과 후 과학반 아이들은 외계인과 인증샷을 남겨와 달라, 우주의 공기를 병에 담아와 달라, 미러볼을 사다 달라며 터무니없는 부탁을 했다. 그 소소한 동심들이 예쁘게 느껴져 그러겠다고 대답했다.

우주에 가기 전 합성 사진, 공병, 미러볼을 미리 주문 제작해두었다. 벌써부터 기쁨으로 차오르는 아이들의 얼굴이 눈에 선했다. 남자 친구는 어릴 적부터 내가 우주비행사를 꿈꿔온 걸 알았기에 마지못해 당분간의 이별을 받아들였다. 부모의 손을 놓쳐서 울먹거리는 아이 같은 표정을 그의 얼굴에서 보았던 것 같다. 그래서 나는 지구로 돌아오자마자 식을 올리자고 제안했다. 그렇게 우주 생활에 대한 기대와 함께 귀환 후 5월의 신부가 되리라는 벅찬 마음을 안고 왕복선에 올랐다. 그랬건만 도착한 지 한 달 만에 좀이 쑤셔서 어쩔 줄 모르는 나날을 보내고 있는 것이었다.

샤워를 하고 방으로 돌아오니 영주는 여전히 VR 세상에 빠져 있었다. 맞은편 침대에 무방비 상태로 누워선, 가상세계에 어찌나 몰입했는지 내가 들어와도 전혀 알아채지 못했다. 저렇게 집중하고 있는데 차마 같이 뭘 하자고 권할 수는 없었다.

영주는 오른쪽 팔을 들어 분주히 휘저었다. 음악 시간에 배운 사분의사박자 지휘라도 하고 있는 듯했다. 영주의 음악적 소양이 그렇게 높았나, 그렇다면 나의 부족한 색소폰 실력에 그리 예민하게 군 이유가 설명되었다.

나는 창으로 다가가 지구를 내려다보았다. 지구는 요즘 송년회니 크리스마스니 떠들썩하겠지. 하지만 멀리 떨어진 우주정거장에서 보는 지구는 아무런 기색 없이 차분하게 새근거리며 숨 쉬고 있을 뿐이었다.

고요한 지구를 바라보고 있노라니 다시 몸이 근질거리기 시작했다. 그래, 크리스마스 파티를 준비해야겠다. 얼간이들만 있는 이 우주에서 내가 나서지 않으면 연말 분위기를 느낄 새도 없이 허망하게 올해를 흘려보내겠지. 우려는 점점 커졌다.

파티 계획을 짜러 게릭에게 가기 위해 침대 끝자락에 손을 짚고 일어섰다. 그때 갑자기 귀에서 삐, 하는 소리가 들리더니 머리가 어질어질해지기 시작했다. 너무 무리해서 운동을 했나.

그대로 침대에 풀썩 쓰러졌고, 의식이 차츰 몽롱해졌다.

양쪽 어깨가 앞뒤로 심하게 흔들렸다. 힘겹게 눈을 뜨니 나를 흔들어대는 영주가 보였다. 그 뒤로 걱정스러운 눈빛을 한 다른 우주인들이 눈에 들어왔다. 눈을 뜬 걸 확인한 영주는 나를 흔들다 말고 말했다.

"색소폰 불지 말아 달라고 하지 않았습니까?"

"나 안 불었어."

황급히 색소폰 리드에서 입을 떼며 말했다. 잠깐, 이게 왜 입에 물려 있지? 고개를 내려 살피니 스트랩을 맨 채로 색소폰을 손에 들고 있었다.

"아니, 바로 앞에서 연주해놓고 거짓말을 하십니까?"

이상하다. 분명 색소폰을 불지 않았다. 하지만 어깨에 색소폰을 메고 있었고, 들고 있는 악기에서는 온기가 느껴졌다. 확신이 점점 약해지기 시작했다.

"그런데 실력이 많이 늘었습니다!"

느닷없이 칭찬이 터져 나왔다. 어떻게 반응해야 할지 몰라 우물쭈물하는데, 영주가 덧붙였다.

"정말이에요. 듣기 좋았어요."

영주의 말에 의하면, 돌연 내가 침대에 걸터앉아 색소폰을 불었다고 한다. 심지어 연주 실력이 탁월하게 늘었다고. 타지 생활에 지쳐 기립성저혈압에 이어 몽유병까지 걸린 건가.

정황을 상세하게 물어보려는데 영주는 '그럼 저는 이만' 하며 다시 VR 세상으로 돌아갔다. 예의가 없는 녀석이 분명했다. 게릭은 내 방을 나서며 내가 연주한 곡이 자기가 가장 좋아하는 곡이었다며 엄지를 치켜올렸다.

다음 날, 일과를 마친 나는 어제의 어지럼증이 떠올라 운동은 생략하고 곧장 방으로 돌아왔다. 영주는 아직 돌아오지 않았다. 우주에서 쓰러지기라도 하면 답도 없으니 앞으로 운동은 하지 말고 산책이나 해볼까, 하고 생각했다. 하지만 그랬다간 어느 영화처럼 우주 미아가 될지도 모른다. 아직 우주정거장의 구조를 모두 꿰고 있지는 않았다.

그렇다면 가상세계에서라도 산책을 다녀오는 건 어떨까. 마침 영주의 침대 위에 놓인 VR 기기가 보였다. VR 기기를 막 머리에 쓰려는데, 영주가 돌아왔다.

"지금 뭐 하시는 겁니까?"

"VR 이거 재미있어?"

나는 나쁜 짓을 하다 걸린 어린아이처럼 괜히 말을 돌리며 물었다.

"성향에 맞지 않으면 재미를 못 느낄 수도 있다고 생각합니다. 어지러울 수도 있고요."

"네가 하는 거 나도 한번 해보자. 지금 너무 심심하거든."

"오히려 더 따분해질 거라고 생각되는데요."

"룸메이트끼리 취미를 공유하면 좋잖아. 나 먼저 들어간다!"

내가 생떼를 부리자 영주는 주저하더니 이내 주섬주섬 예비용 VR 기기를 꺼냈다. 흡족하게 웃으며 얼른 VR 기기를 착용했다.

서버에 접속하자 머리 위에 이름 표식을 단 영주가 등장했다. 실물의 사람을 바로 앞에 두고 가상의 공간에서 만난다는 사실이 거리감에 혼란을 불러와 묘한 기분이 들게 했다.

영주는 성큼성큼 걸어가더니 나를 '이비자'라고 쓰여 있는 포탈로 안내했다.

'뭐야, 이비자? 대전에서 유명한 클럽 이름 아닌가? 그렇다면 그 손짓은? 오후 시간 내내 클럽에서 흔들고 있던 거였어?'

평소에 과묵하고 무뚝뚝했던 영주를 다시 보게 되었다. 무료한 우주정거장에서의 저녁 시간을 혼자서 뜨겁게 보내고 있었다니, 한편으론 괘씸하게 여겨졌다.

그러나 영주가 열어준 포탈로 들어가니 예상과 달리 클럽은 아니었다. 바다가 보이는 고요한 빌라의 모습에 기대가 푸시시 식으며 머쓱해졌다.

"저는 여기서 글을 쓰고 있었습니다."

창가 책상 위에는 종이가 수북하게 쌓여 있었다. 반투명한 하얀 커튼이 바람에 살랑였다. 실제로는 종이와 커튼 모두 폴리곤 덩어리들이겠지만, 실제처럼 무척이나 정교하게 표현되어 있었다.

"글이라면 굳이 VR 없이 현실에서도 쓸 수 있잖아?"

"저는 손글씨를 좋아하는데, 현실에서는 종이를 무한정 쓸 수 없잖아요."

나뒹구는 종이 뭉치와 참고 도서의 양을 보아하니 영주는 지구에 있을 때부터 꾸준히 VR로 글을 써온 것 같았다.

"이 정도의 양이면 책으로 엮어서 내도 되겠는데?"

"제가 아직 준비가 덜 되었습니다. 출판을 하기까지는 시간이 더 필요하다고 생각해서."

"시간이 뭐가 필요하겠어. 세상 모든 일은 일단 액션을 취해야 리액션이 오는 법인데."

"사람들이 제 글을 좋아할지도 의문이고요. 사람들의 리액션이 좋지 않을까 봐서……."

"모든 사람을 어떻게 만족시키겠어. 그 사람들 중에 적어도 한 명은 네 글을 좋아해줄 거야."

영주가 너무 자신감 없어 하니 격려하는 말을 마구 내뱉었다. 뒤늦게 영주의 글을 한 줄도 안 읽어보고 그랬다는 생각이 미치자 조금 무안해졌다.

영주의 캐릭터를 뒤로한 채 이리저리 방을 둘러보았다. 버튼을 하나하나 눌러보며 VR 기기의 조작법을 익히던 중 구석에 있는 높은 종이 탑에 손을 갖다 대어 보았다. 그러자 '출판하기' 창이 활성화되는 것을 발견했다.

"이 출판하기 창을 누르면 어떻게 되는지 알아?"

"저도 아직 해본 적은 없지만, 아마 전자책으로 출판이 되지 않을……."

영주의 말이 채 끝나기도 전에 반사작용처럼 '출판하기' 창을 눌렀다. 그러자 띵동, 하는 알림음과 함께 '출판 계약이 성사되었습니다'라는 자막이 눈앞으로 흘러갔다.

이렇게 쉽게 출판되었다 하는 걸 보아 게임처럼 별 의미 없이 일어나는 상호작용이겠거니 생각했다. 그래서 영주에게 가볍게 축하 인사를 던졌다.

"이젠 작가님이라고 불러야겠다. 영주 작가님, 데뷔 축하해."

장난 반 격려 반으로 어깨까지 짚으며 말했으나, 영주의 눈은 허공에 표시된 책 정보에서 떨어지지 않았다.

'제목: 사람과 사람 사이, 국제표준 도서번호: 979—11…….'

바코드까지 생성된다고? 출판이 실제로 되는 것도 아니고 어차피 가상세계에서 벌어진 일이니까 뭐 그리 대수겠냐 싶은 마음이었지만, 바코드가 부여되는 점에서는 놀랐다. 그러다 점점 불안함이 밀려들었다.

"이, 이거…… 진짜로 된 건 아니지?"

생각보다 안내 문구는 상세했다. 그제야 아직 데뷔를 원치 않던 영주를 강제로 떠민 건 아닌지 걱정되기 시작했다.

♪ → ●

음악 방송 리허설에 앞서 광고 촬영이 잡혔다. 이번에도 혼자서만 소화해야 하는 일정이었기에 다른 멤버들이 대기실에서 쉬는 동안 재빨리 다녀와야 했다. 팬들은 남는 시간에 제발 노래 연습 좀 하라고 아우성이었지만, 내게 남는 시간이란 없었다. 소속사에서는 일정을 1분 단위로 관리했고, 지금 부랴부랴 촬영하러 가는 이 광고도 라디오 방송을 마치고 음악 방송이 시작되기 전 틈새에 소속사가 억지로 욱여넣은 것이었다. 그리고 나는 그룹에서도 토크 담당인지라 그다지 연습할 필요성을 느끼지 못했다. 굳이 노래까지 잘할 이유가 없었다. 애초에 보컬 담당은 따로 있었다. 타고나지 못한 노래 실력은 제쳐두고 대신 다른 능력을 키우는 게 효율적이라고 생각했다.

일명 오각형 아이돌. 춤 잘 추고, 매력 있고, 감성적이면서 순발력 있게 애드리브도 잘 치지만, 딱 노래만 못하는 그런 아이돌을 의미했다. 스스로 말하기는 뭣하지만, 나는 오각형 아이돌로서 귀여운 애교부터 섹시한 모습까지 소화해내는 데다, 재치 있는 입담으로 작년부터는 여러 예능에 고정으로 출연하고 있다. 지난달 공연에서는 나의 노래 실력보다 곡 마지막에 던진 멘트가 큰 화제가 되었다.

"내가 좋아하는 사람이 나를 바라봐주는 건 기적이라고들 하죠. 그런데 여러분들과 저는 이렇게 마주 보고 있네요."

나중에 연예 기사를 보고 나서 알게 된 내용이지만, 나의 그 멘트가 프랑스의 한 작가가 쓴 『어린 왕자』라는 책에 나오는 명대사였다고 한다. 하지만 나는 그 책을 읽어본 적이 없었다.

촬영장에 도착하니 장비 세팅을 하느라 분주했다. 배경으로 깔린 크로마키 앞에 한 번도 본 적 없는 복잡한 장비들이 설치되어 있었다. 뇌파검사 장비처럼 생긴 기계들을 보고 나는 그제야 무슨 광고인지 궁금해져 매니저에게 물어보았다. 매니저는 야구 게임 광고라고 알려주었다.

마침 파견 나온 직원 한 분이 매니저와 내게 달려왔다. 의욕 넘쳐 보이는 그녀는 나에게 대본과 유니폼을 건네주며 오늘 진행할 광고가 어떤 게임인지 설명해주었다.

게임 이름은 '사구사구'. 짧은 시간에 야구 규칙을 가르쳐주면서 촬영 진행 방향도 한꺼번에 알려주는 통에 이해하느라 진 땀을 빼야 했다. 결국 제대로 알아들은 건 이것뿐이었다. 야구 는 한 팀에 아홉 명인데, 이 게임에선 그 아홉 명이 컴퓨터가 아니라 모두 진짜 사람이라는 것.

"제가 야구를 해본 적이 없는데……. 헛스윙하는 모습만 나 가도 될지 걱정이네요."

야구 유니폼으로 갈아입은 나는 VR 헬멧을 쓰면서 중얼거 리듯 말했다.

"그 점은 걱정 안 하셔도 됩니다. 저희가 이미 캐릭터를 만렙 으로 조정해두었고, 아이템도 모두 제공해드릴 거거든요. 컨트 롤러를 휘두르시기만 하면 홈런이 나올 거에요."

"그러면 제가 신경 쓸 부분은 없는 거네요?"

"네, 세리머니만 잘해주시면 됩니다. 특기이신 그 기발한 멘 트와 함께요."

게임은 이 컨트롤러만 대충 휘저어도 진행이 된다고 하니 마 음이 놓였다. 그래서 나는 게임 플레이는 뒷전으로 해두고 어 떤 멘트를 던질지 고민했다. 그러나 딱히 떠오르는 문구가 없 었다. 야구로 이행시를 하는 건 너무 진부하겠지? 밋밋한 대사 들만 머리에 떠올라서 초조해졌다.

사실 매번 기사화되는 내 멘트들은 일부러 짜낼 생각 않고 넋 놓고 있을 때 나오는 말들이었다. 매번 뉴스 기사를 볼 때마다 깜짝깜짝 놀랐다. 내가 언제 이런 고급스러운 말을 했지? 내가 외국의 유명 작가와 똑같은 생각을 했다고?

하지만 이내 성격이 비슷한 사람끼리 우연하게도 비슷한 말을 한 것뿐이라고 치부했다. 세상 사람들이 생각하고 살아가는 모습은 별반 다르지 않을 테니까. 우리가 밥도 안 먹고 노상 굶는 줄 아는 팬들도 있지만, 결국 우리도 삼시세끼를 꼬박 챙겨 먹고 밤이 되면 두 평 남짓한 공간에 몸을 뉘어 잠을 자는 똑같은 사람인 것처럼.

야구장 맵에 접속하자마자 관중들의 함성이 쏟아졌다. 이미 내 타석은 준비되어 있었고, 다들 나만 바라보고 있었다. 돔구장은 정말 실감 나게 구현되어 있었다. 시구를 하러 몇 번 가본 적 있는 고척돔과 완전히 똑같았다. 저 멀리 외야에 설치된 전광판을 보니 9회 말 2아웃 상황이었다. 내 소속팀은 6:3으로 지는 중이었다.

경기장 맵이 워낙 잘 만들어져서 샅샅이 두리번거려보니 양쪽 관중석에서 격렬하게 율동을 하는 치어리더들이 눈에 들어왔다. 나와 똑같은 색의 유니폼을 입은 치어리더들은 3루 쪽에서 우리의 신곡에 맞추어 춤을 추고 있었다.

어차피 광고에서 중요한 장면은 세리머니라고 했겠다, 경기에 들어가기 전 방망이를 잠시 내려놓고 노래에 맞추어 안무를 선보였다. VR을 쓴 채 춤을 추고 있는 모습도 카메라에 잘 담기고 있겠지.

지금 안무를 하고 있는 이 「허밍」이라는 곡은 작사를 내가 맡았는데, 원래는 발라드로 가이드라인을 받은 곡이었다. 하지만 내가 덮어쓴 가사의 수위가 워낙 높아서 소속사에서는 곡 전체의 리듬을 섹시 댄스에 맞게 갈아엎었다.

"어쩌면 좋아 나의 허리. 내 안에서 도는 그대의 바디. 힘을 못 쓸 정도로 떨려. 어느새 가버린 나의 오른 가슴."

곡의 티저가 발표되자마자 청순한 여자 친구로만 남은 채 구석으로 사라질 줄 알았던 우리 그룹이 드디어 만인의 애인으로 성장했다는 평이 끊이지 않았다. 내게는 가사 내용이 실제 경험에서 나온 건지 문의가 쇄도했다. 인터뷰에서는 대충 무의식이 발현된 것 같다고 모호하게 둘러댔지만, 연예부 기자들은 내 전 애인들과의 관계를 넘겨짚으며 기사를 써댔다.

그런데 문제가 하나 있었다. 정작 나는 저런 가사를 쓴 기억이 없었다. 단톡방의 기록을 보면 분명히 내가 글을 올리기는 했다. 허나 그 과정조차도 기억나지 않았다. 더군다나 저런 선정적이고 낯 뜨거운 가사를 내가 썼을 리 없었다. 예능에서는 종종 망가진 모습을 보였지만, 저렇게 자극적인 가사를 쓸 정도로 솔직한 모습을 드러내는 성격은 아니었다. 가면을 더 두껍게 썼으면 썼지, 저렇게 껍질을 깨고 자신을 노골적으로 보일 생각은 전혀 없었다. 살인적인 스케줄에 극한으로 몰린 나머지 정말로 무의식이 발현된 걸까.

지금도 노래에 맞춰 춤을 추고는 있지만, 후렴구 부분의 가사 내용에는 나 또한 아직 적응하지 못했다. 그래도 지금은 광고 촬영 중이라는 걸 다시금 떠올리고, 이번에는 야구 방망이를 주워 총을 쏘는 시늉도 해보았다. 나는 프로니까.

그때 뒤에서 검은색 옷을 입은 사람이 외쳤다.

"경고! 한 번만 더 불필요한 행동을 하면 퇴장입니다."

뭐야, 심판도 사람이었나? 주의를 주는 목소리가 꽤나 리얼했다. 관중석에서도 욕이 들려오는 것 같았다. 갑자기 만여 명의 관중들도 진짜 사람처럼 보이기 시작했다. 주눅이 든 나는 방망이를 고쳐 잡고 공을 칠 준비를 했다.

몇 미터 앞에서 상대편 투수가 다리를 뒤로 빼고 공을 던질 자세를 취했다. 이미 만렙을 찍고 아이템까지 착용한 나에게는 투수가 스트라이크가 아닌 볼을 준비하고 있는 게 보였다. 정확히는 '커브'라고 표시가 되었지만, 무엇을 의미하는지는 잘 몰랐다. 어쨌든 볼이 던져질 테니 그냥 가만히 있어야겠다고만 생각했다. 볼은 걸러내야 하고, 스트라이크 존으로 오는 공만 쳐내야 한다는 건 좀 전의 브리핑을 통해서 알고 있었다.

내가 가만히 두 개의 볼을 걸러내자 투수는 모자를 벗고 팔로 땀을 닦았다. 그리고 보니, 지금 접속해 있는 저 투수는 누구지? 저렇게 세밀하게 땀을 닦는 모습까지 구현해놓은 것도 대단하다 싶었다. 누가 보면 정말 야구 경기에 참여한 줄 알 정도로 몰입한 모습이었다.

조금 더 숨을 고른 투수는 다시 공을 글러브 속에 숨기고 던질 준비를 했다. 이번에는 안내선이 포수의 미트 중심을 향해서 뻗었고, 스트라이크 궤적을 그리고 있었다. 기분 탓인지 경기장 전체가 한순간 조용해졌다.

몸을 비트는 동작을 마친 투수의 왼손에서 공이 빠져나왔다. 나는 이미 저 투수처럼 광고 촬영장에 왔다는 사실을 잊은 채 경기에 집중했다.

빠른 속도로 투수의 글러브에서 공이 빠져나왔고, 꽉 부여잡은 방망이를 휘둘렀다. 방망이에 공이 와서 맞는 느낌이 좋았다.

■ → ♪

 소설을 쓰는 데 필요한 착상을 얻기 위해 스페인의 작은 섬까지 들어왔다. 고료와 기부금으로 번 돈을 탈탈 털어서 왔지만, 아직 소재도 찾지 못했다. 벌써 잔고가 바닥을 보이기 시작했다. 안 그래도 마음이 무겁건만 편집자로부터 이메일 독촉이 하루가 멀다 하고 오고 있었다.

 나는 이 악물고 메일을 읽지 않았다. 애당초 글이 써질 리 없었다. 이번 여정은 사실 글을 쓰기 위해서 왔다기보다 편집자를 피해 도망쳐 온 것에 가까웠다. 그런데 이건 편집자의 잘못도 있지 않나? 매일같이 내가 글을 얼마나 썼는지 확인하려 집으로 들이닥치는 일이 예사였으니. 적절한 글쓰기 환경을 제공해주지 못한 과실이 있는 셈이었다.

 하지만 편집자를 그런 괴물로 만든 원흉 역시 나였다. 그도 처음부터 이렇게 닦달하지는 않았다. 계약을 해놓고서 삼 년 동안 글을 써내지 못한 내가 얼마나 미웠으면 온순했을지 모를 저 사람이 이리 무섭게 변했겠는가. 다 내 탓이었다. 그래서 도피를 겸해 이곳에 오게 되었다.

처음 이 빌라에 도착했을 때는 창밖의 푸른 바다를 바라보기만 해도 영감이 마구 떠오를 것 같았다. 선선한 바람에 살랑이는 커튼을 보노라면 헤밍웨이의 『노인과 바다』와 같은 역작을 뚝딱 써낼 수 있을 것만 같았다. 그러나 84일 동안 고기를 한 마리도 잡지 못한 노인처럼, 나 역시 이토록 쾌적한 환경인데도 불구하고 소설을 단 한 글자도 써내지 못했다.

불과 두 달여 만에 방세와 생활비가 간당간당하게 남았다. 그제야 한국에서 열심히 했던 은밀한 취미 생활을 다시 해야겠다고 마음먹었다. 취미라기보다는, 돈을 벌어다 준다는 면에서 두 번째 직업에 더 가깝겠다. 아니, 본업보다 더 많은 돈을 벌 수 있다는 점에서는 첫 번째 직업이라고 할 수 있었다. 간절한 마음으로 써도 글이 써질까 말까 한데, 소설 말고도 이렇게 돈이 들어올 구석이 있으니 펜이 움직일 생각을 안 하는 것 같다.

나는 한국에서부터 공수해 온 트래커를 풀로 착용하고 인터넷 방송을 켰다.

"안녕하세요, 버추얼 아이돌 나은입니다. 두 달 만에 뵙네요."

VR 방송을 켜자마자 일만 명의 시청자들이 접속했다. 왜 이렇게 오랫동안 쉬었냐는 원망스러운 반응과 함께 충분히 휴식을 취하고 온 게 맞냐는 걱정스러운 반응이 절반씩 균형을 이루며 올라왔다. 일부 팬들은 복귀를 환영한다는 메시지와 함께 기부금을 보내주었다.

소속사에도 내가 복귀했다는 소식이 전달되었는지, 사장님으로부터 메시지가 왔다. 내가 쉬는 동안 새로운 발라드 곡의 멜로디를 완성해놓았으니 일주일 안에 작사를 마무리해야 한다는 내용이었다.

현실에서나 가상세계나 모두 독촉하는 사람들뿐이라니. 그렇지만 이 섬에 더 머물기 위해서는 이 취미인지 직업인지 모를 일을 무조건 해야만 했다.

삼 년 전, 버추얼 아이돌을 모집한다는 공고를 보고 충동적으로 오디션에 참가했다. 부모님 반대로 접었던 꿈을 늦게나마 이뤄보고 싶었기 때문이었다. 가상 활동이 직업이 될 수는 없겠지만 아이돌의 삶을 잠깐이라도 살아보고 싶었다. 대학 졸업 전에 쓴 첫 장편소설로 문학상을 타 등단하자마자 그다음 신작을 쓰기로 출판사와 선계약을 마친 때였다. 원하던 등단을 너무도 손쉽게 이룬 탓일까? 못 이룬 채 고이 접어두었던 어릴 적의 또 다른 꿈이 머릿속에서 스멀스멀 피어나기 시작했다.

공고를 낸 소속사가 정확히 어디인지 밝혀지지 않았던 탓에 지원자는 그리 많지 않았다. 경쟁률이 높지 않을 테니 오히려 잘됐다고 생각했다. 아이돌 생활을 적당히 맛보고 발을 빼야겠다는 가벼운 마음으로 오디션에 지원했다. 어차피 가상세계일 테니 중간에 잠수를 타더라도 큰일이 생길 것 같지는 않았다. 실제로 오디션 경쟁률이 턱없이 낮아, 나는 노래 실력이 부족한데도 작사 능력 하나만으로 최종 6인에 발탁되었다.

그룹명은 '저세상 당찬 소녀단', 줄여서 JDS. 대중들은 VR 아바타 뒤에 숨어 적당히 활동하다 사라지겠거니 하는 부정적 반응이 주류였다. 그래서 우리도 큰 부담을 갖지 않았고, 팬들과의 관계 형성에도 그다지 적극적이지 않았다. 그러나 베일에 싸여 있던 소속사가 알고 보니 꽤 규모가 큰 곳이었는지, 이들은 전문가들을 초빙해 우리의 1집 앨범을 놀라운 수준으로 다듬었다. 그 결과 질 좋은 곡과 뮤직비디오가 탄생했고, 데뷔곡이 각종 음원 사이트 차트에서 1위를 석권했다. 이어서 국내외 스타들까지 SNS에서 우리를 언급하기 시작하면서 JDS의 인지도는 나날이 높아졌다. 하룻밤 자고 일어나니 유명해졌다는 어느 시인의 경험을 현실로 체감할 수 있었다.

JDS에서 나의 포지션은 공연 전후의 인터뷰와 곡 사이사이의 멘트 담당이었는데, 독서광이라는 장점을 살려 책의 한 구절을 상황에 맞게 읊고 나면 언제나 화제가 되었다. 한 공연에서는 생텍쥐페리의 『어린 왕자』 중 한 구절을 응용했다.

"내가 좋아하는 사람이 나를 바라봐주는 건 기적이라고들 하죠. 그런데 여러분들과 저는 이렇게 마주 보고 있네요."

공연을 보러 온 전 세계의 팬들은 눈물을 주체하지 못했고, 심지어 멤버 가운데 몇도 덩달아 눈물을 훔쳤다. 그날부로 우리 팬덤의 이름은 '마주 보는 기적을 꿈꾼다'는 뜻의 '마기꾼'이 되었다.

그런데 안주하지 못하는 성격 탓일까. 아이돌의 꿈을 이루고 나자 이번에는 또 끝맺지 못한 소설이 쓰고 싶어졌다. 살인적인 스케줄로 건강이 위협받고 있다는 이유도 한몫했다. 이동 시간과 거리에 구애받지 않는 버추얼 아이돌은 국내 공연과 해외 공연 구분 없이 그리고 시차에도 상관없이 깨어 있는 시간 내내 활동을 해야 했다. 나는 점차 지쳐갔다. 글과 시간을 언제라도 쓰고 싶을 때 쓸 수 있는 소설가의 삶이 그리워지기 시작했다. 그래서 소속사에 휴식을 요청했다. 휴식을 취할 장소로는 최근에 인상 깊게 본 영화 「어바웃 어 보이」의 대사를 떠올리며 이비자섬으로 정했다.

영화에서 주인공 휴 그랜트는 이렇게 말했다. 이제는 남에게 의존하지 않고 혼자서도 살 만한 '섬의 시대'라고. 그중에서도 자기 자신은 쿨한 인생을 사는 사람이라 근사한 이비자섬과 닮았다고. 나도 사람들과 부대끼며 살고 싶지 않고 자유를 추구하는 쿨한 사람이기 때문에 이비자섬으로 도피처를 정했다. 요점은 결국, 소속사 사장님과 편집자를 피해 도망을 쳤다는 말이다.

나의 자유를 구속하던 편집자의 얼굴을 떠올리는 차에, 공교롭게도 그로부터 또다른 연락이 도착했다. 역시나 양반은 못되는 편집자였다. 이를 악물고 열어보지는 않은 채 메일 제목만 살펴보았다.

〔긴급〕 부커상 대상 후보에 올랐다는 소식을 전해드립니다.

이제 이렇게까지 해서라도 나를 낚을 참인가. 노벨상, 프랑스 콩쿠르와 함께 세계 3대 문학상으로 꼽히는 부커상이라니. 특히나 부커상은 상금이 가장 높기로 유명한 상이었다. 편집자의 낚시일 게 뻔했지만, 그 노력이 가상한 셈 치고 넘어가주기로 했다. 사실 이토록 구미가 당기는 제목의 메일을 열어보지 않을 수 없었다.

처음에는 참 정성스럽게도 장난을 치는구나 싶었다. 그러다 혹시 장난이 아니라 정말로 삼 년 전의 데뷔작이자 마지막 작품이 뒤늦게 외국에서 주목을 받은 것은 아닐까 상상해보았다. 어쩌면 내가 손을 대는 족족 국제적으로 성공하는 운 좋은 사람인 게 아닐까. 잠시 방송을 중단하고 메일을 열어보았다.

그러나 대상 수상작의 제목은 『사람과 사람 사이』였고, 그건 내가 쓴 책이 아니었다. 편집자에게 오해가 있었다고 답장을 쓰려는데 저자명에는 떡하니 내 이름이 올라와 있었다.

이게 어떻게 된 일이지? 동명이인일 수도 있겠다 싶어 저자 약력을 살펴보았다. 소설가로는 비루한 나의 이력이 정확하게 기재되어 있었다. 그리고 이메일의 말미에는 왜 자기 모르게 다른 출판사를 통해 책을 냈냐는 편집자의 항의가 이어졌다. 나는 어찌 된 일인지 알아보기 위해 곧바로 편집자에게 전화를 걸었다.

"너 지금 어디야? 연락도 안 되고."

편집자는 전화를 받자마자 으르렁거렸다.

"글 쓰러 왔지요."

"그래서 다 완성한 다음에 이렇게 연락을 한 거야? 이번 책 꽤 재미있더라."

"그 책 무슨 내용인데요?"

"사람과 사람 사이에는 섬이 있는데, 그 섬에서……. 어? 네가 쓴 책 내용을 왜 나한테 묻는 건데?"

"그냥 잘 읽으셨는지 확인차 물어봤어요."

차마 나도 읽어보지 않았다는 말은 못 하고 대충 둘러댔다.

"그런데 왜 경쟁 출판사에서 출간했어? 이게 말이 돼?"

"뭔가 착오가 있었던 거 같아요."

"착오라고? 그 말에 책임을 져야 할 거야. 일단 시상식에 가야 하니까 짐 챙겨. 계약 문제는 나중에 해결하기로 하고."

혼란스러웠다. 알 수 없는 누군가는 왜 그다지 유명하지도 않은 내 이름을 도용해 책을 낸 걸까? 그렇다면 내가 상을 받는 게 맞을까, 그 사람이 상을 받는 게 맞을까? 책의 내용을 구상한 그 사람이 받아야 하는 게 마땅한 일이 아닐까? 머릿속이 복잡해졌다. 그러나 이내 결정을 내렸다. 나는 편집자에게 시상식에 가지 않겠다고 말하고 통화를 끊었다.

어수선한 마음을 달래고자 방을 맴돌았다. 그때 방 한구석에 종이로 만들어진 탑들이 있는 것을 발견했다. 왜 내 방에 이런 게 있는 거지? 나는 컴퓨터로 작업하기 때문에 종이를 챙겨온 적이 없다.

종이 탑은 총 네 개였다. 그중 하나는 『사람과 사람 사이』라는 제목으로 시작하는 손 글씨 원고였다. 나는 그 자리에 앉아 원고를 읽어나갔다.

노린 게 아니건만, 시상식에 불참하자 여론의 반응은 오히려 더 뜨거워졌다. 그리고 나도 모르는 새 내 이름으로 잇달아 세 권의 책이 더 출간되었다. 그 세 권의 제목은 모두 내 방에 있는 원고들의 제목과 일치했다. 그 이후로 내겐 권위를 의식하지 않고 작품 활동에 매진하는 이 시대의 진정한 작가라는 꽤 근사한 타이틀이 붙여졌다.

상금과 인세가 계좌에 들어왔지만, 내가 창작하지도 않은 작품들로 돈을 벌고 유명해지는 게 전혀 달갑지 않았다. 더 이상 가만히 있을 수는 없었다. 이 원고의 진짜 주인을 찾아야 했다. 하지만 이 기이한 현상에 대해 누구에게 어떻게 말해야 할지 감이 잡히지 않았다. 그리고 더 기이한 일은, 자고 일어날 때마다 종이 탑이 늘어나더니 지금은 거실 바닥의 절반을 차지하고 있다는 거였다.

  문득 마음속에서부터 주체할 수 없는 이야기의 단초가 올라왔다. 트래커를 벗고 키보드를 다잡았다. 문서 작성기를 열고 소설의 첫 문장을 썼다.

  "끝내기 홈런을 치셨는데, 소감 한 말씀 부탁드립니다."

마크의 영결식은 가족장으로 열렸다.

"마크 준위는 늘 저희에게 기쁨을 주는 전우였습니다. 그리고······."

눈물이 앞을 가려 나는 추모사를 다 마무리 짓지 못하고 경례를 했다.

단상에서 내려오니 군화 위에 세워진 소총에는 마크의 구멍난 철모가 올려져 있었다. 철모에는 대위로 추서된 마크의 계급장이 붙어 있었다. 슬픔이 나를 사로잡았다. 죽은 뒤에 진급하는 게 다 무슨 소용인가 싶어 계급장이 보이지 않도록 철모를 반 바퀴 돌려놓았다. 철모에 가만히 손을 올린 채 마크를 위해 무어라도 다짐해야겠다고 마음먹었지만, 명확하게 떠오르는 목표가 없었다.

우리 부대는 테러 집단의 소탕에 실패했고, 임시정부를 수립하려는 최종 계획도 무위로 돌아갔다. 우리가 파견된 지역은 생각보다 뇌물과 마약으로 깊이 찌들어 있었고, 막대한 자본을 퍼부어도 민주주의를 뿌리내리기는 어렵겠다는 판단이 내려졌다. 국제 여론도 싸늘했다. 아직 근대에도 이르지 못한 나라에 강제로 민주주의를 주입하려는 것은 국가적인 폭력이라는 분위기를 조장했다.

그날은 본국으로부터 철군 명령이 내려진 날이자 사 년간의 임무가 종료된 날이었다. 마지막 임무로 민간인 대피 업무를 맡은 나와 마크는 앞서 출발한 부대의 뒤를 따랐다. 내 기억에 마크는 그날따라 유독 힘에 부쳐 보였다. 숨을 자주 헐떡거렸고, 총을 여러 번 땅에 떨어뜨렸다가 줍기까지 했다. 그래도 이제 저 언덕만 넘으면 집에 갈 수 있다고 마크를 다독이며 에그노그 한 병을 건네주었다.

마을에 남은 시민이 없음을 확인하고 사막을 가로질러 공항으로 향하던 때였다. 뒤쪽에서 점점 커지는 자동차 배기음이 들려왔다. 서둘러 언덕 고지를 넘고 소리가 들려오는 쪽을 향해 사격 자세를 취했다. 우리 군이 지원해준 군용 지프였다. 그러나 차창 안으로 보이는 건 우리 군이 아니었다.

미처 언덕을 넘지 못한 마크는 그 자리에서 눈 깜짝할 새 총에 맞고 쓰러졌다.

영결식을 마치고 집으로 돌아온 뒤 군복을 입은 채로 소파에 몸을 던졌다. 부사관 학교부터 함께 군인의 길을 달려왔건만. 마크의 부재가 아직 현실로 와닿지 않았다. 유품으로 받은 VR 기기만이 그가 세상을 떠났다는 걸 확인시켜주고 있었다.

마크는 종종 막사에서 가상의 우주를 유영하곤 했다. 세 번째 파병지까지 함께 할 즈음엔 밤이 되면 나와 맥주를 마시는 게 하루 일과의 마무리였다. 그런데 언제부터인가 혼자만의 세상에 빠져서 안식을 찾기 시작했다. 처음에는 동료를 도외시한 채 대화도 없이 지내는 게 적절한 부대 생활인지 생각해보라며 따지기도 했다. 그러나 마크는 미안한 표정을 지으면서도 어김없이 별나라로 떠났고, 여섯 번째 파병지부터는 나도 적응한 건지 아무렇지 않게 되었다.

언제인지 정확히 기억나지는 않지만 함께 경계를 서던 어느 날, 나는 여기서 그저 하늘을 올려보기만 해도 저렇게 별이 많이 보이는데 왜 VR을 통해 별을 보러 가는지 물었다. 마크는 이렇게 대답했다.

"저 멀리에서 보면 모든 다툼들이 별일이 아니게 되거든."

그의 말대로 가상의 별을 보는 게 지금 이 무거운 마음을 가라앉히는 데 도움이 될지 확인해보고 싶었다. 가슴에 품은 마크의 VR 기기를 머리에 썼다.

전원을 켜자마자 마크가 가장 최근에 본 풍경인 듯한 장면이 펼쳐졌다. 장소는 어느 우주선 안이었고, 창밖으로는 지구가 보였다. 지구가 이렇게 가까이 보이는 걸로 짐작건대 아마 위성 궤도의 우주정거장인 듯했다. 마크의 말대로 지구 밖에서 바라보는 지구는 마냥 평화로워 보였다. 마크는 조용하고 아름다운 행성을 보며 삭막한 군 생활을 견뎌내고 있었을지도 모른다는 생각이 들었다.

2인실로 보이는 방 맞은편에는 다른 캐릭터가 렉에 걸린 듯 오른손을 들고 버벅거리며 누워 있었다. 그 캐릭터는 내가 접속한 것을 눈치챘는지 얼굴을 돌려 슬쩍 보고 나서 다시 천장을 올려다보았다. 룸메이트의 기척에도 아랑곳없이 제 일에만 몰두하는 모습이 최근의 마크와 비슷했다.

나중에는 마크가 나를 신경 쓰지 않는 게 편해지기도 했다. 마크가 우주여행을 하는 동안 나도 고국에서 가져온 책을 읽거나 편지를 쓰며 시간을 보냈다. 지금도 접속에 개의치 않는 룸메이트 덕분에 편한 마음으로 방을 둘러보았다.

방 한구석에 색소폰이 놓여 있었다. 가상의 공간이었지만 방에 있는 모든 물건들이 마크가 남겨놓고 간 것처럼 느껴졌다. 선반 위의 액자와 공구들이 마크가 막사에서 그러했던 것처럼 오와 열을 맞추고 있었다.

방을 한 바퀴 둘러본 후 색소폰을 살며시 들어보았다. 스트랩을 매고 침대에 걸터앉았다. 사 년 동안 단 한 번도 색소폰을 잡아보지 않았지만, 손가락이 나를 자연스레 「테네시 왈츠」로 이끌었다. 본래는 친구의 애인을 빼앗는다는 내용의 가사였다. 친구 사이에 함께 듣기는 영 거북한 곡이지만 테네시 출신인 마크가 유독 좋아해 연주를 부탁하던 곡이었다.

색소폰을 연주하는 손가락이 '그날 밤이 기억납니다, 나는 얼마나 많은 걸 잃었는지 압니다'라는 가사 부분을 지나가자 마크의 얼굴이 머릿속에 선명하게 떠올랐다.

그때, 양쪽 어깨가 앞뒤로 심하게 흔들렸다. 우주정거장이라 몸이 붕 뜨는 건가 싶었지만 그게 아니었다. 누군가 나를 흔들고 있었다. VR을 벗고 올려다보자, 언제 들어왔는지 마크의 애인인 안나가 공책 몇 권을 들고 서 있었다.

"마크가 남긴 일기장인데, 군데군데 너의 이름이 있어서 가져왔어."

"천천히 가져다주지. 너도 마음이 복잡할 텐데."

그녀는 영결식 당일에 마크의 일기장을 살펴보았을 것이다. 그 마음을 헤아려보며 자세를 고쳐 앉았다.

"아냐, 나보다 네가 더 오래 마크와 함께 시간을 보냈잖아. 네가 더 힘들겠지."

안나의 말투가 생경하게 느껴졌다. 나를 위로한다기보다는 자신을 정리하는 것만 같았다.

어쩌면 일기장을 읽지 않은 채 처분하려는 것일지도 모른다는 생각이 들었다. 혹시나 하는 마음에 '그러면 다 읽고 연락할게' 하고 떠보자, 그녀의 반응은 예상대로였다.

"아니야, 훑어봤는데 나와는 별로 상관없는 내용뿐이었어. 돌려줄 필요 없어."

안나는 겉보기에 강하고 단호해 보였다. 속마음을 짐작해보려 얼굴을 가만히 들여다보았다. 오랜만에 마주한 그녀는 이십 년 전 처음 보았을 때보다 한층 차분하고 원숙한 분위기를 풍기고 있었다. 시선이 맞닿자 그녀는 조금 놀란 듯 흠칫 고개를 돌렸다. 그러고는 소파에 노트들을 내려놓고 자리를 떠났다.

마크의 일기는 다섯 번째 파병지로 출발한다는 내용으로 시작했다. 이 시기라면 마크와 내가 그동안의 공로를 인정받아 우수 분대원 표창을 받은 직후였을 것이다. 그러나 마크의 회고는 기쁜 마음보다는 아리송한 기분으로 가득 차 있었다. 혼란스러운 감정을 담은 한 일기는 나에게 쓰는 편지 형식으로 구성되어 있었다.

친애하는 톰에게.

그날은 크리스마스쯤이었지. 우리가 함께 표창과 훈장을 받았던 때 말이야. 가장 많은 적군을 사살해 공을 세웠다는 이유였지.

나는 네가 상을 받으러 나갈 때 그 누구보다 기뻤어. 그러나 내 이름도 함께 호명되자 죄책감이 몰려왔어. 적군도 똑같은 사람인데 어떻게 그런 짓을 공으로 나눌 수 있느냐는 인간적인 의문이 아니야. 우리는 군인으로서의 사명을 다한 것이니까.

나에게는 요즘 말 못 할 고민이 있어. 임무 수행과 작전이 게임처럼 느껴진다는 거야. 기계 같은 훈련을 통해 감정을 잃고 살인 병기가 되어버린 건 아닐지 고민도 했어. 하지만 만일 그렇다면 지금처럼 가책을 느끼면서 고뇌하고 있지도 않을 거야.

정말 말 그대로, 컴퓨터 게임 같은 기분이 들어. 작전을 수행하고 있노라면 팀원이 '머리를 맞혔어, 헤드샷을 날렸다고!'라며 기쁘다는 양 소리를 치고, '나 또 죽었어, 아까 태어난 곳에서 다시 리스폰할게'라며 목숨이 마치 여러 개 있다는 것처럼 무전을 하곤 해. 심지어 나도 순식간에 다섯 명을 처리하고 나선 기쁘다는 듯이 팀원들에게 '다들 봤어? 오늘은 내가 명사수라고'라는 말을 뱉고 있어. 마크, 너도 언젠가 내 말을 듣고 놀랐다고 한 적이 있잖아.

예전에는 마크 너와 하루의 임무를 마치고 함께 맥주 한잔 마시는 게 나의 낙이었는데, 요즘은 너를 마주 보기가 어려워. 예전보다 공을 더 세웠으니 더 많이 함께 축하해야 할 텐데, 오히려 내가 혼자만 있고 싶어 하니 너는 얼마나 견디기 어려웠을까. 하지만 도저히 사람을 마주하고 정상적으로 이야기를 나눌 자신이 없었어. 그래서 최근에 얻은 VR 기기로 혼자 있는 시간을 늘렸어.

하루는 네가 나에게 왜 현실이 아닌 가상의 세계로 가는지 물었지. 나는 예전에 안나와 크게 다투고 미처 화해를 못 한 채로 해외 임무에 파견된 적이 있어. 안나와 함께 있을 때는 세상이 흔들리고 멸망할 것만 같았는데, 멀리 떨어져 돌이켜보니 정말 별것도 아닌 일로 싸웠다는 생각이 들더라. 마찬가지로, 저 멀리에서 지구를 보면 지구 곳곳에서 지금도 일어나고 있는 모든 게 별일이 아니라고 느껴졌지. 내게는 그게 필요했어. 나와 내 주변의 이상한 일들에서 멀리 떨어지는 것 말야.

내 고민을 해결하기 위해 누군가에게 터놓으면 늘 나와 함께한 너에게도 안 좋은 영향이 미칠까 봐 걱정이다. 어렵게 받은 훈장이 취소될지도 모르고. 그래서 이렇게 일기장에 토로해본다.

존경을 담아

마크로부터

이후로 나는 몇 번이나 더 마크의 우주정거장에 방문했다. 렉 문제는 해결되었는지 룸메이트 캐릭터도 움직이기 시작했다. 영어가 유창한 이 동양인 캐릭터는 나를 따라다니면서 '왜 한국말을 안 쓰고 영어로만 말을 하는지, 아무튼 감사하다, 더 열심히 글을 쓰겠다'는 알아들을 수 없는 말을 했다. 이 사람도

외롭고 힘든 사람이겠거니, 하고 적당히 대꾸해주었다.

이 가상 공간에서도 마크의 흔적들을 찾아볼 수 있었다. 임시 메일함에는 매일매일 작전을 수행하면서 주고받은 대화와 통신 기록이 남겨져 있었고, 언제 찍었는지 모를 그날그날의 사진들이 담겨 있었다. 마크의 메일함을 내 컴퓨터로 옮기고, 마크가 보았던 풍경들을 캡처하며 마크를 떠나보낼 준비를 했다.

조금씩 그를 정리해가던 어느 날, 룸메이트가 나에게 새해 기념으로 색소폰 연주를 해달라고 부탁했다. 마크의 기억과 기록 백업을 마무리했으니 이제 오늘을 끝으로 VR에 접속하지 않으려던 차였다.

'그래, 후회 없이 마무리하려고 접속한 거니까. 가상세계의 룸메이트와도 깔끔하게 마무리를 해야겠지.'

나는 알겠다고 대답하고서, 무슨 곡을 연주하길 원하는지 물었다. 룸메이트는 저번에 연주했던 그 곡을 연주해달라고 했다. 그는 맞은편 침대에 앉아 귀를 기울일 준비를 했다. 나는 호흡을 가다듬고 다시 「테네시 왈츠」를 연주했다.

'그날 밤이 기억납니다. 그리고 그 테네시 왈츠도.'

그리고 이제는 돌아오지 않을 마크도.

지구 반대편으로부터 해가 올라오기 시작했다.

누군가에겐 실제로 일어나는,
놀랍지만 일상적인 세계

시뮬레이션 우주론을 떠올릴 때마다 설명하기 어려운 아연함과 두려움에 사로잡히곤 한다. 우리가 사는 이 우주가 실은 시뮬레이션이라는, 즉 우리는 모두 다른 존재의 아바타이며 이미 몇 차례의 시뮬레이션 결과가 있다는 풍문들. 그런데 근래에 들어 '메타버스'라는 개념이 우리가 바로 그 '다른 존재'일 가능성을 실현시키고 있는 듯하다. 서로 평등한 수많은 세계에서 시뮬레이션을 매개로만 이루어지는 한 존재와 다른 존재의 연결. 본질적인 실체가 부재하는 시뮬라크르의 무한한 연쇄를 작품은 그려내고 있다. 허나 「너나들이」가 표현하는 연결은 덧없거나 허무하지 않고, 오히려 얼마간 안온하다. 잘 쓰인 이야기가 진실로 아름다운 까닭 중 하나는, 이야기가 끝나더라도 그 안의 시간은 계속해서 흐를 것이며, 인물들은 저마다의 삶을 일구어나갈 것이라는 애틋한 기대를 품게 하기 때문이다. 어쩌면 현실과 구별할 수 없을 정도로 잘 구현된 메타버스 세계도 이와 다르지 않을 것이다. 「너나들이」는 간결하게 분리되면서도 견고하게 연결된 다섯 에피소드를 통해 잠들기 전 누구나 해본 적 있는 아득하고 망연한 상상을 재치 있게 풀어낸다. 담담한 문체로 엮인 짧은 이야기들의 흡인력은 읽고 난 뒤에도 긴 잔향을 남긴다.

메타버스는 결국
현실의 결핍을 채우기 위한 장치다

'장자가 나비 꿈을 꾼 것인가, 아니면 나비가 장자 꿈을 꾼 것인가?'라는 『장자』 「제물론」의 한 구절에서, 왜 꼭 나비가 장자 꿈을 꿨다고만 생각해야 할까? 장자는 날개를 가지게 된 꿈을 꾸면서 기분 좋게 훨훨 날았다. 그처럼 나비도 나비 자신만의 꿈을 꾸며 가지지 못한 것을 얻었던 건 아닐까? 이 소설은 그러한 생각에서 시작되었다. 메타버스의 정의에 대해서는 의견이 분분하지만, 현실 세계의 결핍을 채우기 위해서 만들어진 가상세계가 곧 메타버스라고 생각했다. 그리고 그 가상세계 속의 존재들이 각자 저마다의 꿈을 꾸다가 나의 현실과 맞닥뜨리게 되면 어떻게 될까? 나도 잘 모르겠다.

구상 단계에서 총 다섯 인물의 이야기를 모두 이어 붙이고 나자, '너가 나에게 들어온다', '너에게 나들이를 간다'라는 의미를 포함하는 단어 「너나들이」가 자연스럽게 떠올랐다. 사전을 찾아보니 「너나들이」라는 단어가 실제로 있었고, 그 의미 또한 '[명사] 서로 너니 나니 하면서 허물없이 지내는 사이'로서 소설의 개념과 우연히도 맞아떨어져서 첫 문장보다 제목을 먼저 정했다. 그리고 가상세계를 담는 대신 세부 사항을 사실적으로 담으려고 노력했다. 야구에서 정규 시즌 1위 팀은 3루 쪽 더그아웃을 사용한다는 점, 우주 비행사도 주말에는 쉰다는 점 등등.

거창하게 설명했지만, 그저 춘추전국시대에서부터 논의되는 내용과 '사람과 사람 사이의 섬'을 언급한 정현종 시인과 임철우 소설가의 생각을 한데 엮어서 재구성한 글일 뿐이다. 다만 바라는 것은 이 구성을 통해서 읽는 분들이 재미를 느꼈으면 하는 점이다. 섞여 있는 다섯 가지 에피소드가 끝난 후 커진 눈으로 다시 앞 페이지를 들춰보게 할 수만 있다면 더할 나위 없겠다.

은근하고 진하게 영감을 준 윤앤리 친구들, 조이뮤직 식구들, 영승, 나은, 수빈, 연주, 은한, 지선, 대근, 혜진, 유림, 영재, 호식, 한결, 소운, 신별님, 진환, 성웅, 숙경, 승연, 지훈 형, 승목 형, 준영 형, 유빈, 준혁, 태완 형, 윤정, 희영, 상훈, 문근, 동희 형, 중인 형, 영주, 진채, 길모 형과 가족들에게, 그리고 부족한 소설을 채택해주시고 피드백을 해주신 고즈넉이엔티 정수정 피디님에게 감사를 표합니다.

♬ 추천 곡: 「Beyond the Universe」 - Rick Derringer (1976)